トラブゾンの猫

トラブゾンの猫

小田実との最後の旅

玄順恵

岩波書店

A stray cat in Trabzon
The last trip with Oda Makoto
Hyun Soon-Hye

装画・本文挿絵＝著者自筆

トラブゾンの猫

目次

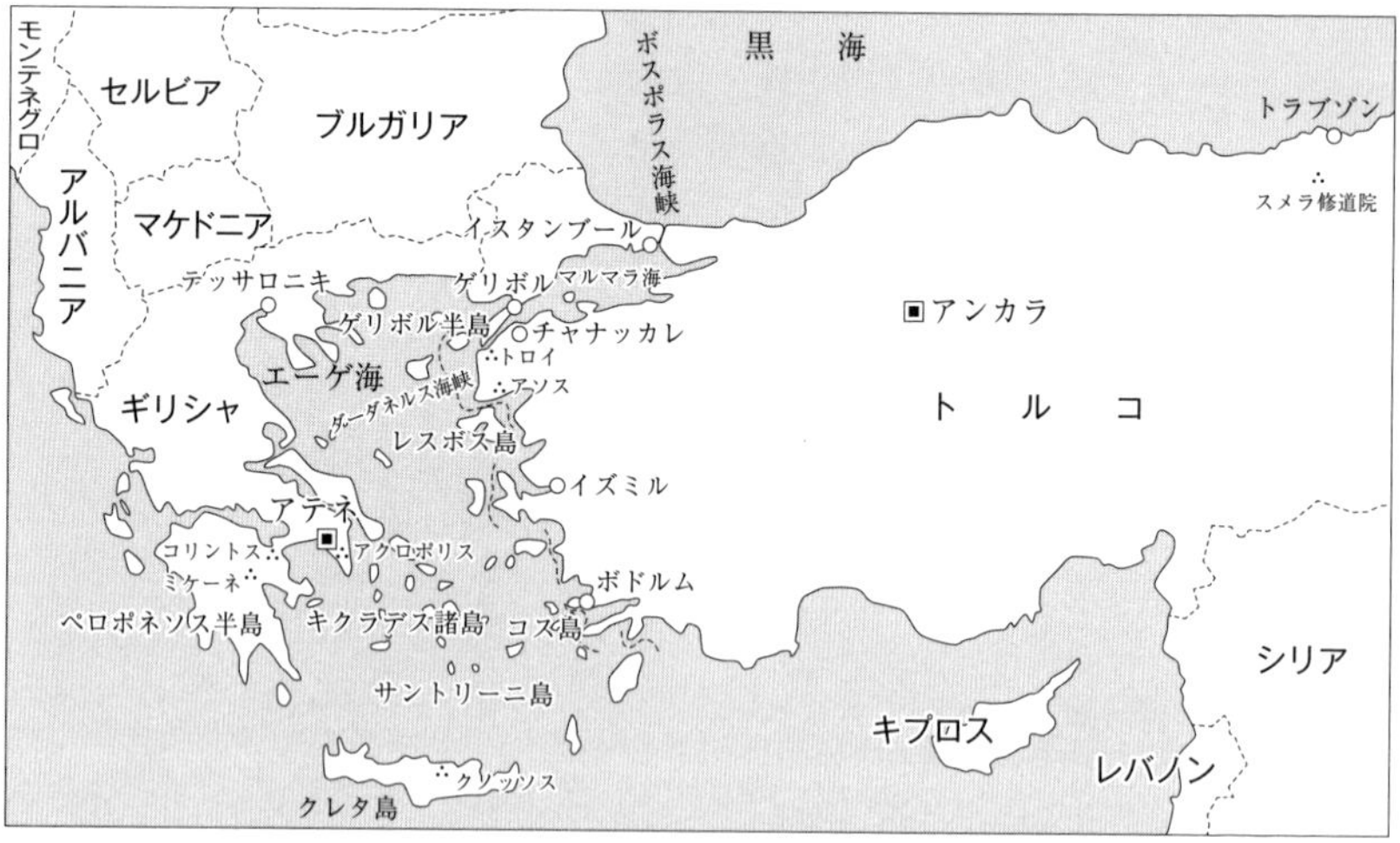
モンテネグロ
セルビア
ブルガリア
ボスポラス海峡
黒　海
トラブゾン
スメラ修道院
アルバニア
マケドニア
イスタンブール
テッサロニキ
ゲリボル
マルマラ海
アンカラ
ゲリボル半島
チャナッカレ
トロイ
エーゲ海
アソス
ギリシャ
ダーダネルス海峡
ト　ル　コ
レスボス島
イズミル
アテネ
コリントス
アクロポリス
ミケーネ
ボドルム
ペロポネソス半島
キクラデス諸島
コス島
シリア
サントリーニ島
キプロス
レバノン
クノッソス
クレタ島

序章

永遠の旅路

エレベーターを七階で降り、六甲の山なみに向かって歩廊を左に行くと小さな階段がある。わが家専用のその階段を上りきったところは、ちょっとした「ひみつの庭」だった。

庭というほどの広さなんてない。玄関わきにあるほんの一坪あまりのコンクリートの床に、先の大雨で集合住宅の前の海岸に打ち上げられた桜や松、檜《ひのき》などの流木を、毎日毎日拾いあつめて、緑の鉢植えを囲むように飾った。

山から川を下って海まで運ばれてきた流木は、海水に十分ひたされ、乾くと驚くほど優美な彫刻に変わった。背の高いものは、長い枝を両手いっぱいに広げて天井に届くほどだ。海辺の流木でつくった小さな庭、それが「ひみつの庭」だ。

この庭には不思議な力があるらしい。

ある時、銀行員が訪ねてきた。いや、そうではなく、玄関の扉をたたくより先に、この庭で一服していた。偶然、扉を開けた私の顔と鉢合わせになった彼は、悪びれもせず「ここ、いいですね」とひと言、満面に涙を浮かべんばかりの笑みをたたえるではないか。よほど日頃の仕事に疲れていたのだろう。少し同情した私は、流木の種類や由来をたっぷりと話してあげた。

銀行員は満足げに、仕事も上の空で帰っていった。

それから何カ月か過ぎたある日、彼はひょっこり現われ、「僕は本社に転勤となりました。今日はごあいさつに来ました」と、幸福そうな後ろ姿を残して立ち去っていった。仕事にならなかったわが家にわざわざ来たのは、この場所に別れを告げるためだったのだろうか。


またある時、月のきれいな夜がつづいた。毎夜、決まった時間になると玄関わきの「ひみつの庭」で女の子の声がした。

誰かと語り合っているような話しぶりだったが、こっそりのぞいて見ると、それはひとり言だった。小さな女の子は、流木の一つひとつに名前をつけ、植木の葉っぱを食べものに見立ててままごと遊びをしていた。時おり、美しい月に向かって何かお願いごとを言うのだが、月がだんだんと昇っていくうちに、踊り場の塀を乗り越えて屋根の上までよじ登ろうとしていた。この「ひみつの庭」をもつ家は、集合住宅のいっとう上にある塔屋《とうや》で、さほど高くない塀の外がすぐさま傾斜した屋根になっているのだ。

「あ、危ない！」と、私はとうとう大きな声を出してしまった。

その声に恐れをなした女の子は、足音も立てずに脱兎《だっと》のごとく階段を下り、姿を消した。

その後も、月のきれいな夜は何回もやってきたというのに、あの女の子が来ることはなかった。

大きな月をつかもうとした女の子の夢と勇気を私の声が押しつぶしてしまったのかと、今になって悔やんでみたりする。

ここには私と半生をともにした作家が住んでいた。作家はものごころがついた頃から詩や俳句をつくっていた。七十五歳の亡くなる寸前まで小説を書いていたから、人生のほとんどを書くために生きたことになる。

作家には、小さい頃から放浪癖があって、大人になってからも世界中をたくさん旅して歩いた。旅先では、こまごまとした小物やざっくりとした珍しい手編みのカゴなどを買っては、面倒がらず大事にかかえて持って帰る。家には、雑貨屋さんができるほどの民芸品や古地図が転がっているのだが、何しろ私と出会う前からつづいている習慣なのだ。今や博物館でしか見られそうもないものまで眠っている。そんな作家のことを私の母は、ひそかに「サンタクロース」と呼んでいた。

そのなかでも忘れがたいものは、太平洋の島から担いできた大シャコ貝の貝殻だ。小説の取材のために出かけた先で見つけたらしいが、貝殻は洗面器ほどの大きなものから首飾りのピースになるくらいの小さなものまでカバンの中にぎっしりと詰め込んであった。

私は小さい頃、何げない材料からちょっとしたものをつくるのが得意だった。今でもそうだ。捨てられた紙キレや木の枝、幹、根っこ、路傍の石、家の塀、間仕切りまでがオモチャに見えてくることがあるのだ。

この、太平洋からはるばるやってきた大きな貝殻が、私の宝物にならないわけがない。今では、私の「ひみつの庭」の欠かせない仲間となった。

作家は終生、私のことを妻と呼ばず「人生の同行者」と呼んだ。それは、作家の造語であった。世界旅行家でもあった作家は、亡くなる直前まで旅をつづけていた。その最後の旅を私はともにしたのだから、「人生の同行者《フェロートラベラー》」とはよく言ったものだと不思議な気がする。

最後の旅は、トルコにあるトロイ遺跡とアソス、そしてトラブゾンだった。かねて懸案の小説と評論を書き終えたばかりだった作家は、オランダのハーグで用事を済ませたのち、久しぶりに私とヨーロッパから中東にかけての旅行をするのもわるくないと思ったのだ。

作家は、ローマに本拠をおく「恒久民族民衆法廷」という、ヨーロッパや「第三世界」でよく知られた国際組織の審判員を二十年間以上もつとめていた。

ある日、フィリピンの神父が六甲の山なみを臨む海辺のわが家を訪れ、世界には、誰にもどこにも知られることなく国家や軍隊によって殺されたり、ひどい目にあっている人たちがいまだにいる。自国で苦しんでいるそのような人たちを助けるために、ぜひハーグでの「恒久民族民衆法廷」に来てほしいと作家に頼んだ。

作家はその頃、体調に急な異変を感じとっていたが、二〇〇七年三月、持ち前の忍耐力と精神力を支えに、無理を押して単身ハーグへ出かけた。仕事をまっとうした後は、私と落ち合っての二人の旅が待っていた。

しかし、旅はそんなに気楽なものではなかった。だいいち、民衆法廷が行なわれている約一週間、食べものがろくすっぽノドを通らなかったのだ。

ハーグからは毎日、どうしたものかと日本にいる私のもとへ電話をかけてきた。体調よろしくないなかでの渡欧だったので、事前に医者から薬をいくつかもらっていたのを呑むように促したものの、これまでになくか細い声を出すので少し心配になった。でも、あと三日もすれば顔が見られる。そう思った私は気を取り直し、ソウル経由でアムステルダムへと向かった。

アムステルダムで落ち合った後、トルコのイスタンブールに直行するのだ。

静かな運河で知られるアムステルダムは、作家のお気に入りの街だった。オランダがかつての大国意識を捨て、小国であることに徹しているのもその理由だった。世界中の難民やマイノリティ(同性愛者も含めて)が、こぞって世界でもっとも自由で住みやすい国と言ってはばからない。そんな寛容さが作家の気質に合っていた。小さいが懐《ふところ》の深い運河の家なみをホテルの窓から見おろす作家の姿は、痛々しいほど疲れていたのに、穏やかに安らいで見えた。

作家がアムステルダムに来ると必ず立ち寄る場所がある。アムステルダム国立美術館にあるレンブラントの「夜警」の部屋だ。

「夜警」はアメリカ留学の帰途、ヨーロッパを巡っての世界一周旅行中に観た数々の絵画のひとつである。作家はまだ二十代後半の大学院生、「一日一ドル」(一ドル＝三六〇円の時代)の貧乏旅行で、当時の写真を見ると、長身の作家は極端なほどやせてヒョロヒョロだが、眼はキラキラ輝いている。

　待ち合わせたホテルの部屋に旅の荷物を置くと、作家はいつものように「トラムに乗って美術館へ行こう」と提案した。もう何度観たとも知れないレンブラントのあの名画を、今回ももう一度、静かに味わっておきたかったのだろう。「夜警」の前にしばらくたたずんでいた作家は、まるでこの絵のもつ深奥な物語性と交歓しているかのようだった。

　十七世紀のオランダ黄金期に生きたレンブラントは、光と影がつくり出す絵画的効果を誰よりも熟知していた画家だった。電気のなかったあの時代、暗闇のなかで輝くろうそくの灯火がどれほど美しいやすらぎと力を人びとに与えただろうかと想像してしまう。

「夜警」の偉大さは、あたかも幕が上がった舞台をみるように、ある共同体のありふれた日常へと、絵の前に立つ観客の眼を釘づけにしてしまう力にあるのだろう。

　私たちは、ほどよい感じで展示室をひと巡りしてから、画集を買った。

　つつましやかな花と緑で迎えてくれる素敵なエントランスをもつ美術館の後には、古い骨董屋街をぶらつき、その一角のよさそうな店に入った。珍しく作家が「何か思い出になるものを買いたいんだ」と言う。店の奥から見るからに上等そうな服を着込んだ中年男が現われ、小さな銀の置き物やら地図の類やらをあれこれ見せてくれた。一九八五年に娘がベルリンで生まれて六カ月になった頃、赤ん坊を抱いて三人でヨーロッパ六カ国を旅したことがあって、その折、ベルギーのアントワープで十七世紀頃のアムステルダムを描いた古地図を偶然にも見つけて手に入れた。あれに勝る品はなかったようで、結局「思い出になるもの」は買わずに店を出た。

それからイスタンブールに向かうまでの私たちは、以前にも来て好きになっていたライデン大学の界隈や、ベトナム反戦の脱走兵支援にゆかりのあるユトレヒトの街を散策したり、ロッテルダムに住む旧友の家を訪ねたり、ベルリンから列車で私たちに会いに来てくれた友人と再会を喜びながら、これから刊行される作家の小説『玉砕』ドイツ語版について語り合ったりした。

私には、ここアムステルダムを訪れるたびに感心することがある。通りで出くわす自動車が、いつだって歩行者と自転車を優先してトロトロと走りぬけていくことだ。「四通八達」にひろがる運河の街には、昔から営まれてきた人間のサイズに合った生活の質が今も息づいている。作家が好きだったアムステルダムのよさは、オランダという国の光と影とともにあって、それが私にも計り知れない魅力と映ったようである。

お菓子のような細長い家の軒先に、時折、猫が行きかう。なぜかこの街には黒猫がよく似合う。

猫と言えば、作家は私のことを、しばしば「猫に似ている」とからかった。

作家から必要な買い物を頼まれて家を出ても、その日がいつになく快晴であったりすると、頼まれごととはまったく関係のないところに私の足は向けられてしまう。当然、買い物はせずじまい、手ぶらで帰宅することになる。購入した品を入れてもらった紙袋をそのまま店に置いてきたり、食事の後、支払いをしないで出てしまって呼び出しを食らったり、ひどい時には、作家の大事な書きものを出版社へ届けるのを忘れたまま、私のバッグの中に一カ月眠らせてしまったことさえ。

まったく、普通では考えられない「きまり癖」のある私と暮らす作家はいつもヒヤヒヤ、ドキドキ、さぞや心が休まらなかったにちがいないのに、大して怒りもせず、閉口した様子も見せずに、そんな私を猫のようだとおもしろがっているのだった。娘が生まれて間もない頃には、「よくぞ赤ん坊を置き忘れなかったものだね」と冗談口をたたいていた。

いや、「よくぞ赤ん坊を……」に近い経験がないではなかった。

まだ東西冷戦の壁があった西ベルリンに一九八五年から約二年間、旧西ドイツ政府の学術交流基金「DAAD」に招かれて住んでいた頃、わが家のアパートの二階には、エストニア出身の作曲家が住んでいた。三階はギリシャの詩人、四階はポーランドの画家といった具合に、アパートの住人は皆、「DAAD」の「居住中の芸術家《アーティストインレジデンス》」たちだった。

私たちは一階に住んでいた。作家が留守中のある日、私はカギを持って出るのを忘れたままドアを閉めてしまった。中には、生まれて間もない娘がひとり残されていた。扉が閉まると自動的に内側からカギがかかってしまうベルリン特有の古いカギのしくみに慣れていなかった私は、大いに狼狽し、真っ青になっていた。

そこへ折よく、二階に住む作曲家が通りがかったので、恥をしのんで助けを求めたところ、「それはたいへんだ！」と自分の部屋から大工道具を持ってきて、あっというまにカギをこじ開けてくれたのだが、その作曲家がアルヴォ・ペルトだったと知るのにさほど時間はかからなかった。

こんな事件から急に親近感を増すようになった私たちは、ある夜、彼を夕食に招《よ》んだ。

哲学者か宗教家のような風貌のシャイな作曲家は、「これをあなたがたに差し上げます」と、自作のLPレコードを一枚そっと差し出した。キース・ジャレットの演奏で名高い「フラトレス」や、「ベンジャミン・ブリテンへの追悼歌」などが入った彼の不朽の名作アルバムだった。

当時の日本ではまだそれほど知られていなかった彼が、のちに世界的作曲家となって日本に来た時、あのLPレコードのCD版が、わが家に届けられたものだった。

深い思索と瞑想の森にたゆたうような彼の音楽からは、とうてい想像もつかない「それはたいへんだ！」というあの驚愕した丸い大きな瞳、その時私は、第一級の芸術家の中にある、確かなリアリズムの一端を見た気がした。

かくして私の「きまり癖」は、作家をよそに、アルヴォ・ペルトにまで大きな借りをつくってしまったのだった。

猫は人間の知覚のおよばない感覚をもっているらしい。どうやら私の行動や感覚は、作家にとって知覚不可能、摩訶《まか》不思議と映ることがあったようだ。

また猫は宇宙を見ながら、じっと宇宙の声を聞いているといわれる。かといって私に宇宙の声が聞こえるわけはないのだ。ただ、作家と同じ方向を見ながら別の世界をも眺めていて、違った時間の時計をもっていたのだろう。その時計が時々、止まったり、おかしくなった時、私の知覚は現実から飛んで浮遊するらしい。ある時は不協和音に、またある時は美しい調和のとれた和音へと。

でも、そんな私は、作家が涸《か》れることなく湧き上がってくる想像力の泉をもっているのを知っていた。まるで身体をあまねくめぐる毛細血管のようにその泉は作家の頭と心をきたえ、つぎつぎとたくさんの作品をつくり出すのをこの眼で見てきた。

それに作家は猫が好きだった。猫の独立独歩の生き方を敬愛してさえいた。

それを猫たちが気づいていたものかどうか、最後の旅の先々でも猫が突然立ち現われ、いっしょに歩くことがしばしばだった。

作家が最後にたどった旅での猫たちとの交流を、「猫に似ている」私の心が見聞したままに話してみよう。

やがて訪れた「別れ」の深い悲しみを忘れないためにも——。

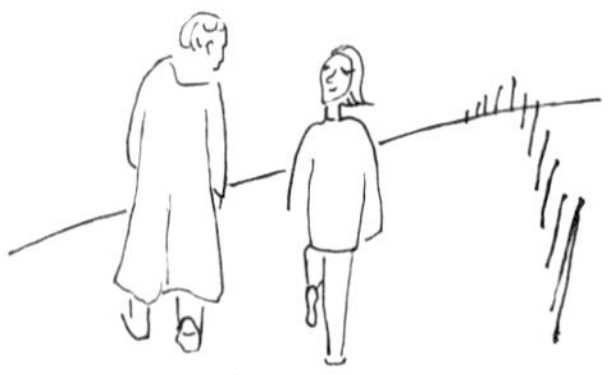

第1章 イスタンブールの迷い猫

The first day
of the last trip

「ガラタ橋は、どっちの方向ですか?」と、道行く少年をつかまえては訊いてみた。

アムステルダムからイスタンブールへ移動した次の日。旅の荷物もほどかれ、気持もいくぶんやわらいだところで、新市街の高台にあるタクシム広場界隈のホテルを出て、イスティクラール通りをのんびり歩いていた。ちょうど昼さがりの頃で、下校途中とおぼしき中学生くらいの男の子を見かけるたびに道を尋ねていたのである。しかし、この年頃の男の子たちは、どうやらどこの国でも同じようにはにかみ屋が多いのだ。どの子も口ぐちに「私は英語が話せません」と、たどたどしく答えながら、そそくさと逃げてしまう。

しかたなく海の方向を目ざして、作家と私は古ぼけた石畳の坂道をゆっくりと下っていった。このあたりは高台にあるガラタ塔を中心にして栄えたらしく、やたらと入り組んだ坂道が多い。塔は、六世紀初めに灯台として利用された後もオスマン帝国時代には牢獄などに使われていた。

多少歩きにくい迷路の角を抜け出るとペラ・パラス・ホテルの裏手に出た。
いつもなら、旅慣れているだけに作家の地理感覚は正確で、ほとんどと言っていいほどお目当ての場所に到着する。地図を見なくても、この横丁を曲がると学校があり、あの角には病院があって、その先には市場や食べもの屋があるなど、予測は大体当たるのである。今回もてっきりそうと信じていたから、彼の足が向く方向へと私も従っていた。ところが行けども行けどもガラタ橋に行き着かない。こんなことは初めてだった。

と、目の前に小さなお菓子屋が見えた。歩き疲れていた私たちは、自然とその店に向かった。私が子どもの頃に神戸の街で見たような昔ながらの風情をしていて、バクラワというトルコ菓子が入っているガラスケースは、まるで牛乳ビンの底のように少しぼやけた透明色をしている。初老のおじさんが一人でお菓子を焼いていた。店の中には粗末なテーブル一つと椅子が二脚置いてあった。

バクラワを二つ注文してさらに店の奥をのぞいていると、人なつこい笑みを満面に浮かべた店主が、「ちょいと、お茶を飲んでいかないかい?」とでも言うように、金ブチで彩られた小さくて美しいガラス・カップに琥珀色の紅茶をなみなみと注いでくれた。たっぷりと甘い角砂糖が、ガラスの底に沈んでいくのを楽しみながら飲むトルコのチャイだ。一見みすぼらしいこの店に、これほど豊かな瞬間が息づいているとは。

チャイの文化は中国に始まり世界中に広まっていったというが、一九八四年、二人で中央アジアへ旅した時に感じた、人間の心をふと和ませてくれるチャイ文化の効用を今回も味わったのである。「美味しい」と、私たちは思わずつぶやいた。

私たちがすっかりくつろいだ頃、店の主人はつぎつぎと家族の写真を私たちに見せ、何やら説明を始めた。トルコ語は解らないのに店主の言いたいことが何となく伝わってしまうから不思議である。子どもたちは皆、成人して別々のところで暮らしているということらしい。

そして、店の壁にかかっている、ケマル・アタチュルクの古い写真を指差すと、「あれはエライ人です」と誇らしげに言う。トルコの今があるのは、この人のおかげだと言わんばかりに。

見知らぬ外国の客人を、まるで旧来の友人であるかのように歓待する術をこの国の人はよく知っている。アジアとヨーロッパのかけ橋に位置する土地で暮らしてきた人たちに、おのずと備わった習慣なのだろう。

紀元前から、古代ギリシャ、ペルシャ、ローマ、中央アジアの遊牧民などが入れ替わり立ち替わりこの地に大帝国をつくっては消えていった過ぎ去りし日々ののち、帝国は滅びても人間は残る。その長い紆余曲折の風雪に耐えて生きのびてきた人間の知恵の奥底にふれてみたいと思った。

「ガラタ橋はどちらの方向ですか？」

少し親しくなった店の主人に訊いてみた。もちろんこの質問は理解されなかったようだ。店主は英語がからっきし解らないのだ。

そこへちょうど店の常連らしき大男が通りかかり、店主はやおらその大男を店の中へ引き入れて、私たちの言うことを聞いてやってくれと言う。身ぶり手ぶりの押し問答の末、どこまで通じ

たのか、

「ああ、この道をそのまま下れば橋があるよ」と答えてくれたように思えないでもなかった。

とにかく言われたとおり、まっすぐに進んで歩いたら、建物の遠景に橋が見えた。その時、作家はつぶやいた。

「これなんだよ。昔、五十年も前になるな、『何でも見てやろう』の頃だ、人間の言葉の本質が解った気がしたんだ。人が複雑な知識を身につければつけるほど、物事の本質はぼやけて見える。ことに難解なギリシャ古典文学なんかをやっているとそう思うことがあるんだよ。

人間と人間のつながりの中で本当に大事なことは、学問で身につけた知識とは別のところにある。観念的なむずかしさをとことんそぎ落として残ったものが言葉の本質なんだよ。それが、一日一ドルの貧乏旅行で二十二カ国を旅してみて体得したものだ。

そこからさらに、つくづく思ったことがある。どうせ人間、身の丈も大して変わらない。それほど違った喜怒哀楽があるわけでもない。人間は古今東西、みなチョボチョボだってね」


ガラタ橋は、作家がこれまでイスタンブールを訪れた際、必ず立ち寄る場所だった。今回もそうで、旧友にでも再会するような楽しみがあったようだ。途中で道草をくいながらようやくたどり着いたガラタ橋は、なるほど作家がこだわるだけあって、どことなく雄渾《ゆうこん》な感じがする。

ところが、作家が期待していた光景とは少し違ったらしく、「なぁんだかガッカリだな。前はもっと屋台がズラーッと並んでいて、いかにもイスタンブール名物にふさわしかったのに」と、以前とくらべ、橋の界隈が何だかスッキリしすぎたのをとても残念がっていた。

この橋は、もともと一八四五年に木製の橋として架けられたものだが、一九一二年に二階建ての跳ね橋に再建され、その美しさで知られていたという。それも九〇年代前半に老朽化などで取り壊され、今のはその後の新たな橋だった。

しかしながらガラタ橋は、何といってもボスポラス海峡をすぐそばに見わたせるというだけでも意味がある。エミノニュ桟橋とカラキョイ桟橋を結ぶことで新市街と旧市街、二つの側の多様な人間たちの生活をささえているだけではなく、マルマラ海と黒海が、遠く地中海までひとつながりになっていることをたやすく想像させてくれるからだ。

トルコがボスポラス海峡をはさんでアジア側とヨーロッパ側、二つの顔をもつ特異性は得がたい魅力なのだ。

私たちは、にぎやかな魚市場の近くに数軒並んでいるフィッシュ・レストランの、いちばんよさそうな一軒に入った。二階のほうがガラタ橋や海を眺望できそうなので、入ってすぐの階段を上った窓際の席に向かい合ってすわった。右手の桟橋に着いたばかりのフェリーから乗客がつぎつぎと降りてくる。その向こうにはガラタ橋。作家は目を細め、窓の外をジーッと見ていた。

海の眺めを好んだ作家は、自宅の仕事場にも海が見える部屋を選んだ。ボスポラス海峡も自宅前の海も、作家にとってはさまざまな思索や想像の翼を広げることができる風景なのだろう。

名物の魚料理の取り合わせと白ワインを少し飲んだ。食事を終えて外に出ると、もう夕暮れ時に近づいた桟橋には、仕事帰りの人びとが列をつくってフェリーを待っていた。旧市街は翌日ぶらつくことにして、ゆるゆると、タクシム広場にあるホテルへと向かった。

翌朝、目が覚めて窓辺に立った私は、ホテルの広い中庭に建つ別棟の屋根の上で猫が二、三匹ノッソリと歩き回っているのを見つけた。屋根はスペイン風の赤い丸瓦でおおわれていたから、濃い茶色の毛をした猫の姿はとても優美でしなやかに映えた。普段、作家ほどには猫に興味がない私ですら、「いい感じ」と思ったほどだ。

「ほら、きれいな猫がいるわ。あなたの好きな猫よ。見て」

私は、素敵なものを見つけるといつでも作家に「ほら、見て！」と言ってしまうのだが、そんな時に見せる作家のしぐさがある。どれどれと、太い首の上の大きな顔をひょいと斜めによじらせて私の指差す先をのぞき見るのである。いかつい体つきからはとうてい想像できない、まるで借りてきた猫のように素直で飾りっ気のない独特のしぐさだ。ベッドから体をゆっくりと起こして窓の外をひょいと見やると、「あぁ、いるね。たいそう居心地よさそうな顔をしているじゃないか」と頬をゆるませた。

朝食は部屋で取ることにしたが、作家は、好物のジャム入り紅茶とトーストを少しかじるくらいで切り上げ、好きなオムレツには手をつけなかった。相変わらず食欲がないことに気分は曇りがちだったが、窓ごしに見たたわむれる猫たちの姿が私たちの心をいくぶん和ませてくれ、朝の時間はゆったりと流れた。

この日は旧市街までタクシーを飛ばした。「まず、ブルーモスクを見よう」と言って、作家は私の手を取った。イスタンブールでは、トプカプ宮殿よりこっちのほうがだんぜん価値があると言いたげに。元来、「御殿」の類には興味のうすい人だった。というか、どこの国でも、権力者のつくるものはたいてい似たりよったりだと思っているふしがあった。

ブルーモスクでは、イスラム教徒たちにまじって礼拝用のじゅうたんにすわってみた。見上げると、幾何学模様の高い丸天井がとても幻想的で、思わず瞑想したいような誘惑に駆られる。ドームの小窓から差し込む光がステンドグラスを美しく彩る。そして青色のイズニックタイルの内壁が、音楽を奏でるように内部を包み込む。これが砂漠の、イスラム的思惟の生み出すイマジネーションなのだと思った。

このモスクの隣には元ギリシャ正教の総本山、のちのイスラム寺院アヤ・ソフィアがある。作家はお寺が好きである。あるいは教会であれ、モスクであれ、ヒンドゥー寺院であれ、人びとが祈る場所を好んで訪れる。

いつか中国の奥地を二人で旅した時、古いチベット寺院の床にすわったことがあった。巡礼の旅をしているチベット族の親子が、五体投地の姿勢で礼拝をくり返す。全身砂ぼこりの服から黒びかりのする顔だけをのぞかせた、その土くさい力強さに一瞬圧倒された。

それにくらべると、モスクの礼拝にはある種のこまやかさがあるような気がする。まず手足を洗い、靴を脱ぎ、じゅうたんの上にすわる。そして始まるのが礼拝だ。このお祈りを彼らは一日に五回も決まった時間にくり返す。

どこまでも観光客でしかない私たちは、モスクの見学をひととおり終えると、その横の路地に感じのいい小さなレストランを見つけ、通りに面して出されていたテーブルをはさんで腰かけた。昼時には少し早いのか、客は私たちだけだったが、そのうちアメリカ人のカップルがすぐ隣のテーブルについた。

二人がすわる前からテーブルの下には一匹の猫がいて、作家と対面するようにすり寄ろうとしていた。そんな時、猫は自分の縄張りをじゃまされたとばかりに文句をつける。前足を上げて、アメリカ人女性の足をドアをノックするようにたたいた。どうやらその女性は猫が嫌いなようで、叩かれた足で猫を押し出してしまった。

猫は、ニャオーと小さな声を上げて立ち去ったが、しばらくするとまた戻ってきた。二匹の仲間を連れての再登場で、なんと、いじわるをしたアメリカ人女性を三匹が取り囲んだ。「もう嫌だわ。ほかの店に行きましょう」と、女性がとうとう悲鳴を上げた。かくしてアメリカ人カップルは猫に駆逐された。


猫は、作家と話がしたかったのだった。

「僕の名前はシュトーレン。あなたは、ひょっとして作家ですか？」と猫は訊いた。

「シュトーレンとは、君はドイツ系猫だね」

「うん、そうさ。僕は、ヨーロッパで考古学とやらが流行った頃、あの誇大妄想狂のとてつもないやつ、シュリーマンのかわいがっていた猫が先祖なんだ。シュリーマンは、このトルコの地にあった古代ギリシャの遺跡を掘りあてて大儲けをしたんでね、彼にあやかって僕なりのひと儲けをささやかに夢見たけれど、まあうまく行かないや。それでも、ここでは独立独歩で生きていくのに何の不自由もないし、古代への夢は捨てがたくあるから、時々、あなたのような雰囲気の外国人を見ると無性に話しかけたくなるんだ」

「なるほど、私の職業は作家だ。これまでずいぶん世界中いろんなところを旅してきて、君のようなことを、それも盛大に夢見ている人間(失礼！　君は猫だったね)をわんさと見てきたよ。シュリーマンと言えば、あいつが掘りあてたというミケーネ遺跡に二十代の頃、行ったことがある。「白い腕をしたヘレネー」という宿屋があって、どうやらホメーロス好きの旅人があそこにホレ込んで、ついに宿屋をひらいたんだ」

「『イーリアス』の一節を宿の名前にするなんて、よっぽどロマンチックなおもしろいやつだったろうね」と猫。

「そう。ギリシャ古典をやった私としては、泊まらないわけにはいかない。さっそく入ってみたら、中はやけに暗いんだよ。まず、帳場で宿帳に名前を書くんだが、そのノートがまた傑作なんだ。泊まり客の名前が第二次世界大戦の前から書き継がれていて、名だたる考古学者から作家や得体の知れない職業の人——驚いたことには、かなり昔に、すでに日本人が泊まっていた。私はそれ以来の日本人てわけだ。宿屋の主人が、よく来たと言わんばかりの眼で私に部屋のカギとローソクを一本くれた」

「なぜローソクなの？」

「私も不思議に思ったが、部屋に入ってみて解ったんだ。古代遺跡のそばで電気も通っていないところに来たということが。

何年か前に、ミケーネ遺跡を家族に見せたくて親子三人で行った時、その宿屋を探してみたが見つからなかった。不法建築のカドで立ち退きでも食らったのかもしれないね」

「へぇー。あなたは、あのわけの解らない古代ギリシャ文学をやっていたの？　それじゃトロイ遺跡は行ってみた？」

「もちろん。ずいぶん前だけど。何しろトロイは不便なところにあるだろう。一九九〇年にアジア・アフリカ作家会議がイスタンブールのペラ・パラス・ホテルであった。会議が終わった後、現地の人に頼んでジープで行ったのが初めてだった。若い時の世界一周旅行ではそこまで行けなかったんだ。お金が足りなかったからね。

あれは、感じたことのない深い感動だった。ホメーロスの『イーリアス』を読んで、トロイの古戦場はとてつもなく大きいと想像していたんだが、行ってみるとチッポケな丘だよ。だからかえって、文学とは偉大だと、あらためて実感したんだ。『イーリアス』はそもそも「白い腕をした」と謳われるヘレネーという王妃をめぐって起きた、荒唐無稽《こうとうむけい》な戦争の物語だがね。世界最古の文学なんだよ」

「トロイの古戦場は、人間のあなたにとってはチッポケな丘かもしれないけれど、僕にとってはとてつもなくデッカイ山だよ。それに、荒唐無稽ってどういうこと？」

「現実にありえないバカげた内容ってことさ。しかし、そこには今でも十分に通じる人間心理の矛盾や問題点が書かれているから、たとえ紀元前十〜八世紀頃につくられた戦争物語であっても、人びとが感動するんだ」

「どうして人間が殺し合う戦争の話が人の心を動かすんだい？　猫の世界には戦争なんてないぜ」

「たとえば、いくら倒した敵であっても人間の死を厳粛に受けとめて、丁重に弔《とむら》う様子も描いている」

「ふうーん。人間にとって弔うことは、そんなに大事なの？」

「そうだよ。東洋では人間の一生を「生老病死」という言葉で表わすことがある。誰も永遠には生きられない。限られた命として生まれ、成長し、一人前になってしばらくすると老いが始まり、やがて病にかかり、死を迎える。生物としての宿命があるんだ。しかしこれは、幸福なことかもしれないんだよ。「生老病死」の宿命を、戦争や災害によって途中で断たれることなしにまっとうしたんだとするなら。

私がホメーロスの『イーリアス』を偉大だと思うのは、戦争の本質をよく描いているからなんだ。戦場においては、戦争をおっぱじめた指導者よりも、戦争に駆り出された普通の人、〈小さな人間〉がバタバタと真っ先に殺されていく姿をよく捉えている。逆にいうと、〈小さな人間〉がいなければ戦争は成り立たないんだってことを。

それに、政治家は人気商売だってこともちゃんと見抜いていて、人気を得るためなら、誰かいじめられ役をつくらなくてはならないことや、戦争が長引けば戦利品の分捕《ぶんど》り合《あ》いで仲間どうしがいがみ合うことも」

「人間たちの戦争って、陰険で残酷なんだなあ」

「そうだよ。自分を正当化したり、他人よりも多くもちたい、強くなりたい、そういう欲望が大きければ大きいほど戦争がしたくなるらしい」

「あーあ。何てつまらないことに必死になるんだろう。僕は、一日のうち三分の二はオネムの時間だからそんなことにかまけている暇がない。たっぷりと愛情をもらったら、しっかりとその分お返しするだけで心地よくハッピーに暮らせる毎日なんだ。

それに人間と違って十四年くらいしか生きられないから、他人との幸せくらべで醜い戦いなんてやってられない。美味しい食べものにありつけて、時々こうやって、あなたのようなおもしろい人を見つけてはだべったり、好きな木登りをして、思いっきり勝手気ままに遊び回っているほうがよっぽど幸せなんだから、シュリーマンにあやかろうだなんて、つまらない夢を見る必要も、ほんとはなかったんだ。さて、もっと楽しい夢を見ようかな」

シュトーレン猫は、これ見よがしに長いしっぽをピーンと立て、うんとリラックスした姿でそう言うと、もう昼寝の時間が来たとばかりに悠然と歩きだし、ブルーモスクの陰にかくれてスヤスヤと寝入ってしまった。

第**2**章

旅は道づれ人は情け

An agreeable companion on the road is as good as a taxi!

朝のホテルのロビーはチェックアウトを済ませようとする宿泊客でいっぱいだったが、やがて客たちが三々五々、散らばっていくと、フロントのカウンターごしに黒いスーツ姿のマネージャーが見えた。

胸のポケットについた名札が目に入った。「クビライ」と書いてある。もしかして、と好奇心に駆られた私は、彼の前に進み出て訊いてみた。

「あの、失礼ですがちょっとお伺いしてもいいかしら。クビライって、あのジンギス・ハーンと関係のある「クビライ」ですか？」

「ええ、もちろんそうですよ」

「まあ、それは何て興味ぶかい！　クビライという名前はこの国では珍しいのですか？　それとも、よくあるのかしら？」と私は立てつづけに訊いた。

「少ないですね。私はこれまでに三人だけ出会ったことがありますが」

ほかのトルコ人スタッフとは違い、私たちと似たようなまろみのある顔で、ニッコリと彼は答えた。

こんな取りとめのない会話だけで、もうすっかり親しい気分になっていた私の表情を瞬時に見て取った作家は、「彼にひとつ、トロイに行くいい方法がないか尋ねてみてはどうかね？」と切り出した。なるほど、と思った私はクビライの血をひくという彼にさっそく訊いてみた。すると列車や飛行機を使うよりもチャナッカレまでバスで行き、そこで一泊してトロイへはタクシーで行くほうがいい、とのことだった。クビライさんはチャナッカレ生まれで、今もそちらに実家があるというから間違いないだろう。

そこで私は作家をホテルに残して、タクシム広場のはずれにあるバス会社の事務所まで行き、明朝十時出発のチケットを二枚購入することにした。四十がらみの男性社員は、愛想がいいともわるいとも言えない事務的な受け答えをテキパキとこなし、チャナッカレ行きのバス・チケットを私に手渡してくれた。世界中あちこちを旅してきたというのに、私ひとりで旅先のチケットを手配するのは初めてだった。何もかも、いつも旅慣れた作家がやってくれていたから、とまどいながらも案外すんなり済んだことにホッと胸をなでおろした。子どもの頃、初めて母親におつかいを頼まれた時、ようやく末娘の自分も姉たちと同じように一人前になった気がしたものだが、あの時と似たような充足感を抱きながらホテルに戻った。

明晩泊まるホテルの予約も済ませ、いよいよチャナッカレ行きがととのった。

翌朝乗ったイスタンブールからのチャナッカレ行きバスは、私たちを除いてすべてトルコ人で満席だった。

よく晴れた日のバス旅行は、どことなくウキウキする旅情を誘う。海峡の蒼い海辺を遠くに見やりながら、バスは青々とした麦畑を通り過ぎていく。生い繁る樹木には、美味しそうなイチジクやオリーブ、アーモンドなども実っていて、そんな景色が途切れることなくどこまでもつづいていた。つくづく、農業大国であるトルコの奥ぶかい懐を感じさせた。

ふと、いつか二人で訪れたクレタ島のクノッソスで、古い遺跡に残る石のカケラから青々とした麦の穂が芽吹いているのを見つけた瞬間の感動が思い出され、私はつぶやいた。

「ここは本当に豊かな土地なのね」

「ああ、もちろんそうだよ。そもそも古代ギリシャ帝国の繁栄をささえたのは、この豊かなトルコの海沿い、エーゲ海と地中海、それに黒海につづいている各地の植民都市で収穫された大地の恵みだったからね。明日行くトロイもその一つだ」

私は、豊かな大地を行くバスに揺られながら、古代帝国と植民地についてひとり思いを馳せた。それからどのくらい心地よい二人の沈黙がつづいただろう。窓外《そうがい》の景色は田園風景から港町らしい活気に満ちた都会の姿に変わっていた。そう、バスはチャナッカレに着いたのだ。

チャナッカレは、ヨーロッパとアジアを隔てる、ダーダネルス海峡の中心的都市である。

第一次世界大戦時には軍事的要衝であるこの海峡を制しようと、この街の対岸ゲリボル（ガリポリ）半島で時のオスマン・トルコが連合国軍と激しく戦った。この時に大活躍したのがケマル・アタチュルクで、激戦地に建つ慰霊碑に刻まれた彼の文句はすこぶるふるっている、と作家は感心していた。それはこうだ。

《……ここで倒れたイギリス人、トルコ人のあいだに違いはない。はるか遠く離れた国から息子たちを送ってきた母親よ、もう涙をぬぐい給え。今、あなた方の息子はわれらの胸のうちに横たわっている。……この地で生命を失った彼らは、今、われらの息子だ……》（以下、《 》内は筆者による引用文の要約）

遊牧民の死生観がひしひしと伝わってくるようだ。私はつい何日か前、イスタンブールのお菓子屋の主人が誇らしげに見せてくれたあの古ぼけた写真の中のケマル・アタチュルクを思い浮かべていた。

日本の旅行会社に頼らず、いきなり現地で自力で旅しようとすると、宿泊事情も多少問題が出てくる。予約したのに部屋が取れていなかったり、三ツ星ホテルと銘打っているにもかかわらず、行ってみるとそれとはほど遠いニセモノだったりする。

チャナッカレのホテルがそうだった。「トロイの木馬」という名前に惹かれて予約したものの、着いてみると掃除はおろか、客室の体裁をなしていないので、フロント係にそれを改めさせることから始めなければならなかった。しかしケンカをしている時間などない。ほどほどに切り上げ、とにかく一晩泊まることにして、翌朝トロイ方面へ行くためのタクシーの運賃交渉も済ませて、貸し切りで車を一台予約した。

朝九時頃、気のよさそうな運転手が白いタクシーの前で私たちを待っていた。助手席には小さな五歳くらいの女の子がチョコナンとすわっている。どうしたことかと運転手に訊くと、

「いやなに、トロイ観光に行くんでしょう。お客さんは二人だけ。子どもが乗って行ってもいいかなと思ってね。私の娘なんですよ」

と、少々照れた顔で、そのくせ、こういうことはよくあるのだと言わんばかりに堂々と答えるではないか。私はちょっと面食らい、少し不快にも思ったが、作家はいたって平気だった。

「昔、メキシコでも一度、こういうことがあったなぁー」と苦笑した。

トロイ遺跡は、へんぴな場所にある。そこから次の予定地アソスまで含めると、ちょっとした距離である。しかもピカいちの観光地巡りをタクシー一台貸し切りで行くのだ。おそらく帰りはカラで戻ってくるのだろう。トルコの地方都市で懸命に働いて家族を養っているとおぼしき運転手が、娘を乗せてちょっとした遠足気分にひたらせてやりたくなるのも、いたしかたないことかもしれない。そう考えると、私のふくらみかけた不快感は一気にしぼんでいった。

運転席でハンドルを握る父が鼻歌まじりに娘に何やら話しかける。はるばる遠い異国へ来たものだな、と私は思った。やわらかな春の陽光に照らされながら、後部席に私たちが身体をしずめたタクシーは、トロイへ向かってチャナッカレを後にした。

第**3**章

トロイと『イーリアス』と「三十センチの高さ」

Witnesses buried away shall show themselves someday

トロイ遺跡は現在のトルコにあるが、西洋文学最古の叙事詩とされる『イーリアス』が生まれた紀元前十〜八世紀頃のこのあたりはギリシャだった。正確には西のギリシャ人が東へ移住、植民してつくった国だ。その頃には、西はマルセイユから地中海に浮かぶサルデーニャ島、南はクレタ島、東はエーゲ海および黒海沿岸全域にまでギリシャ文化はおよんでいた。

作者のホメーロスは、ギリシャ文化圏の各地で催されるさまざまな宴の席で、キタラという竪琴にあわせてこの長大なる叙事詩を吟誦したという。日本の『平家物語』を琵琶で、アイヌの「ユーカラ」をトンコリで弾きながら詠ずるのと同じように。

『イーリアス』は、紀元前十三世紀頃にあったという伝説的なトロイ戦争（トロイア戦争）の全体像を、およそ四百年後に叙事詩として完成させたものだということになる。神話と戦争譚が混然一体となった、単純で荒唐無稽な話にみえるのだが、その奥には、なかなか示唆に富んだ世界がひろがっている。

女神のいたずらによって人間社会がカオスに陥り、大戦争の惨劇をなめつくす。大地と星輝く天空のあいだを翔《と》ぶ人間の子が、つぎつぎに立ちはだかる局面をいかに生きるのか、つわものどもが死ぬまでためされつづけた。

ギリシャ神話の神々は少しも神々しくない。感情においても何ら人間と変わらない、嫉妬やねたみ、不安、喜怒哀楽をもっている。しかも神々は永遠に不死なる存在であるからなおさら度しがたく、矛盾に満ちているのだ。その神々と「生老病死」の宿命をもつ人間との饗宴《きょうえん》を、私たちはギリシャ文学に見出す。

「ギリシャ文学は、人間の運命と国家が対峙する構図をもっている。国家は、政治という媒体を通して個人の運命に重くのしかかる」

これは作家の創作ノートに書かれていた言葉だが、私が文学芸術のみならず、人間世界を理解しようとする時のキイワードに相通じている。

『イーリアス』に描かれているのは、作者ホメーロスの生きた時代をさかのぼること数百年、個人よりも集団や氏族が中心の社会であった。ギリシャ文学に国家と向き合う個人としてのデモス(小さな人間)が登場してくるのは、ホメーロスの生きた時代のはるか四百年後、アテナイにおいて民主政体が営まれていた頃である。

ここで『イーリアス』の物語る世界をのぞいてみよう。

東方ギリシャ国トロイの王子パリスが、西方ギリシャに旅をした。その時、愛の女神アフロディーテに導かれるままにスパルタ国王メネラオスの妃《きさき》ヘレネーをかどわかして自分の国へ連れ帰る。怒ったメネラオス王の腹はおさまらない。この王の兄である西方ギリシャの大覇者アガメムノン大王は、周辺小国の小王たちを駆り立て、トロイへ大遠征戦争を仕掛けた。他国の情けない小王たちが妃を奪還するための戦争においそれと加担したのは、この戦争を掠奪《りゃくだつ》の好機と考えたからだった。掠奪の対象は財宝と女だが、ほかの誰よりもアガメムノン大王がこの思惑を激しくもっていた。

十年にもおよぶ戦争で、アキレウスやアポロン、オデュッセウス、カサンドラといった英雄や神、知恵者、予言者たちが綺羅星のごとくまたたいては消えていく。派手な役回りの英雄たちは案外と皆、女たちによってはかなく命を閉じる。戦《いくさ》のあいだ中、彼女たちは男の激しさにもまして、なかなかしたたかなのだ。

作家は、ことあるごとに自分が立ち返る原点のひとつとしてギリシャ文学を宝物のように大切にしていた。とりわけロンギノス(紀元一世紀)の『崇高について』は卒論のテーマで、以後も興味をもちつづけ、六十代に入ってから翻訳も完成させ、ついにはその翻訳と自身の文学論が入ったロンギノスとの共著『崇高について』も書き上げてしまった。さらには『イーリアス』の翻訳も手がけており、最後の未完小説『河』は、『イーリアス』について主人公の重夫と伯父が熱っぽく語らう場面で終わっている。

体調がかんばしくないにもかかわらず、重い足を引きずりながら私にぜひとも見せたいと作家が言い張り、一緒に訪れたこのトロイこそ『イーリアス』の現場なのだった。

世にあまねく語り継がれた「トロイの木馬」が目の前にぬっと立ち現われた時、私の心は静かに波立った。ハリウッド映画のロケに使われた後、寄付されてトロイ遺跡の入り口に置かれたものだそうだが、私はその映画を観ていない。作家はと言えば、そのようなお手軽な再現模型の馬などてんで意に介さないばかりか、まったくの無関心であった。

見上げると木馬には、中から外を見わたせるように小さな窓口がついていた。私は子どものような好奇心に駆られるまま、木馬の中に入っていった。かなり高い階段がついていて、窓のあるところまで私は一気に上った。小窓から外界を見下ろすと、フード付きの紺色の長いコートを着て突っ立ち、私を待っている作家が、まるで小人のように見えた。木馬は入ってみると何でもないただのがらんどうだった。これを意に介さなかった作家の気持が少し解った気がして、私はそそくさと階段を下りた。

『イーリアス』の英雄オデュッセウスはトロイ戦争後、地中海全域を漂流した大冒険家だ。その物語がホメーロスのもうひとつの作品『オデュッセイア』である。しかし、この偉勲《いくん》の知将は、人をだます奸計《かんけい》にたけた天才的人物でもある。オデュッセウスは、降参したと見せかけトロイ側に木馬をプレゼントするのだが、木馬のあのがらんどうに自分たちの兵士をしのばせ、戦勝に酔いしれていた敵側をうちのめしたことを作家は忘れてはいない。

作家が見逃さないもうひとつのエピソードが『イーリアス』にある。

およそ十年におよぶ戦争中、ギリシャ軍はたえず兵士たちを集め、会議をひらいていた。戦争が長引くと厭戦《えんせん》気分が蔓延し、兵士の反乱が起きる可能性が出てくる。しかし、戦はまだつづくのだから指揮官は何とか戦争維持をはかろうと一計を講じる。

兵士がいなければ戦争が成り立たないことを知悉《ちしつ》していた総大将アガメムノン大王は、ある時の会議で、もう戦利品もたんまり手に入れたのだからここらで戦争をやめてはどうかと切りだした。それは大王の本心でなく、ただ、兵士の心理をためすためだったが、その時「そうだ。もう戦争はやめて国へ帰ろう」とすばやく反応した善良なる兵士テルシーテースを、杖で打ちすえ皆の笑いものにしてしまうのがオデュッセウスなのだ。それを見ていた同輩の兵士らは、オデュッセウスの悪行をやめさせるどころか、同調、拍手喝采し、戦争続行への意欲を示した。

ホメーロスの生きた時代には、のちのアテナイ時代のようなデモス〈小さな人間〉の力がまだ育っていなかったことを、作家は実際の戦争から四百年後に創作されたこのエピソードを通じて痛感していた。

「力」のことをギリシャ語でクラトスという。デモス・クラトスとは、デモクラシーの語源だ。「もう戦争はやめて国へ帰ろう」と言った兵士はデモスだ。そしてオデュッセウスになびいた兵士たちもデモスだが、このデモスの〈小さな人間〉たちは、ともに戦をやめる勇気も、自らの意見をもつことも、小さな力を結集する術もないまま、ただ〈大きな人間〉の意向になびき、従ってしまった。

〈小さな人間〉が自らの「力」を自覚し、それを信じて発揮することである「民主主義」は、この時代にはまだなかったのだ。

『イーリアス』に英雄の勲が縷々《るる》述べられているのは、あの模型木馬と同じく、作家にとってどうでもいいことだった。物語の主題は、大王アガメムノンの卑劣な強欲に対するアキレウスの怒りである。彼の怒りによって放たれたアポロンの矢が肝心の大王には当たらず、デモスである兵士らを射る。彼らはついに焼け焦げ、むくろになって犬や鳥の餌食となった。作家が気になっていたのは、このデモスのことであった。「この物語を読んでいると、逆に〈小さな人間〉の力が片一方に感じられてしかたがないのだ」と言っていた。この言葉は、絢爛《けんらん》豪華な建造物を前にしても、外見に惑わされることなく物事の本質を見きわめようとする作家の文学観そのものであったのではないか。


トロイ遺跡は、紀元前三千年前頃から九層にも重なる遺構に埋もれていた古い城塞跡地である。はるか昔の古戦場は、何千年にもわたる人間の文明と歴史の堆積を見てきただろう。崩れかけた城の石積みだけでなく、遺跡の瓦礫《がれき》は戦争の記憶とつながっている。石灰質らしい白い土を踏みながら、長くつづく遺構の道に沿って歩くと幾度も城壁にぶつかった。ある時は正面から、またある時は曲がり角の側面から。それらはあたかも劇場の舞台装置でもあるかのようにつぎつぎと意表を突いて私たちの前に立ち現われた。

どれほど歩いただろうか。ちょうどオリーブの木の下に木製のベンチを見つけたのですわろうとしたら、突然ヌーッと、黒とグレーの縞模様をもつ大きな猫が現われ、私の存在など無視して、ベンチのそばに立つ作家の周辺をうろつき始めた。それを意識した作家は、いよいよまとわりついてきた猫の背中をやさしく愛撫し、「どおれ、抱き上げてみるか」とでも言いたげに、両手でスイッと上手にひろい上げた。その動作は一瞬にしてしなやか、猫はたちまち作家の両腕の中にすっぽりとおさまった。

「ここには猫がたくさん住んでいるようね。シュトーレン猫もここにいたことがあるようだし。広いからかしら、何だかのびのびしているじゃない」と私が声を上げるやいなや、

「こんにちは、私の名前はベヘーレン。あなたたちはアジアから来たの？」

と尋ねられもしないのに名前の由来をとくとくとしゃべった。「ベヘーレンという名前は、アジアの日本と関係があるのよ。昔、私の祖母の飼い主がギリシャ人で、彼はひところ世界中で沸き起こったベトナム戦争反対運動のヨーロッパでの重要人物の一人だったの。その頃に知り合った日本人作家から「ベヘーレン」という名の反戦平和運動が日本にもあることを教えられ、一緒にたたかうつながりをもったそうよ。

当時のヨーロッパやアメリカでは、作家や学者たちがいち早く反戦の声を上げたらしいのだけど、アジアの日本でも同じように大奮闘する平和の人がいたことに飼い主はいたく感動していたと祖母から聞いているの。それでその時に飼い主からつけられた祖母の名前が「ベヘーレン」なんですって！　私はさしずめ「ベヘーレン三世」よ。でも、友だちからは時々、「アウフヘーベン」とかいうドイツ語に間違えられることもあるけどね」

猫は、自分を抱いているのがその当の本人であるとは知らないようだ。

そう言えばあの頃の作家の知人にRという、かつてスペイン市民戦争に参加したギリシャ人がいたという。彼はベトナム戦争中に脱走してきたアメリカ軍兵士を助けるベヘーレンの運動に協力を惜しまなかった。この後アソスへ向かうタクシーの中で、ふと街角を横切る男を車窓ごしに眺めながら作家はそう私に話してくれた。

Rとベヘーレン猫の祖母の飼い主が同一人物であるかどうかは解らない。けれども遠く日本を離れたトロイの地で、ベヘーレンという響きを思いもよらず耳にして、あの頃ともにたたかった忘れがたい友人の顔が目の前に浮かんできたのだそうだ。

「あなたも、ひょっとして作家なの?」と猫が訊いた。

「そうだよ」

「やっぱりね。立ち居振舞を見ているとそうとしか思えない」

「どうしてだい?」

「だって、むずかしそうな、何か悩みごとでもあるような深い眼差しをして立っているんだもの」

「はは。君もなかなか言うもんだね」

「こんな昔の戦場に来るなんて、あなたもかつての何かの戦争に関係があるの? ひょっとしてベトナム戦争?」

「私はね、変な言い方だけど、瓦礫の堆積や赤茶けた大地を見ると何だかホッとした気になるんだ。これは何も破壊が好きだという意味じゃないんだよ。ただ、自分の精神の原初的体験と深く結びついているということだ」

「原初的体験て?」

「「三十センチの高さ」のことだよ」

「え?「三十センチの高さ」? ますます解らないわ。ねぇ、どういうこと?」

「私がまだ少年だった頃、日本とアメリカは戦争をしていてね。一九四五年八月十五日に日本はアメリカに敗けたんだ。ところがその前日の八月十四日に、アメリカは私の故郷大阪を激しく空爆し、街は焼け崩れてしまった。戦後、建物や家の瓦礫ばかりか、人間の死体が地面に堆積した大地はどこを測量してみても、もとあった地面よりも三十センチほど高くなっていた。私は、この「三十センチの高さ」がずーっと気になって、考えつづけたんだよ。そして解ったのは、この「三十センチの高さ」には戦争がつまっているということだ。

君は知っているだろう? ナイル河の氾濫のことを。ナイルもだけど、中国の黄河もしょっちゅう氾濫を起こしては大量の土を下流に運び、堆積させた。それはコヤシとなってその地に住む人間の文明や歴史をかたちづくる。焼け跡も同じだよ。「三十センチの高さ」は、たくさんのものを飲み込み堆積させてしまったおかげで不思議な力をもっているんだ。

それから、高さ三十センチの土のにおいだ。そのにおいの記憶も戦争に結びついている。

空爆で焼き殺された人間の焦げた死体のにおいだよ。これは「鮭の缶詰」と似たにおいで、私はいまだにあの缶詰が食べられない。だって焼け焦げた人は、昨日まで近所で見かけた人たちなんだ。洋服の仕立て屋さんに頭と手足のないトルソーがあるだろ? あれと同じ姿をした焦げた人間の死体が何重にも重なっている。それを片づけるのは中学生の私たちだった。

日本もアメリカも、国の指導者たちはお互いに翌日には戦争が終わると知っていた。にもかかわらず、近所のおじさんたちは空爆で焼き殺されたんだぜ。爆撃は、戦争を引き起こした国の指導者たちに向かわず、普通の人びとに向けられる。戦争で殺されるのはいつもデモス〔小さな人間〕だということがよく解ったんだよ。私は、この納得できない〈死〉について、長いあいだ考えつづけたんだ。その考えをまとめたのが『「難死」の思想』という本だがね。

また、あの戦争の末期には、本当に飢え死に寸前だったくらい、都会では食べものがなくてね。戦争に敗けた後、民主主義と自由の世の中になって「三十センチの高さ」の上に闇市が出現した。そのおかげで食べものが自由に手に入るようになったんだよ」

「どうして戦争末期には飢えて、戦争が終わると飢えないの？」

「それはね、戦争中は普通の人の生活より軍人の生活を優先するからだよ。ことに末期になると、すべての物資は軍隊に持っていかれる。戦争が終わり平和が訪れない限り、普通の人は自由を手にすることができないのだよ。

そして戦争は、いったん始まると途中でやめることがむずかしいんだ。ズルズルと泥沼にはまって抜け出せなくなる。それこそ普通の人間が——それには普通の兵隊さんも含まれているんだ——飢え死にしそうになるまで。

戦争というものはね、敵がもっとも嫌がること、苦痛に感じることを相手に対して仕掛けることなんだ。それは、自分がされていちばん嫌なことでもあるんだ。つまり相手を自分と同じ心や身体をもつ人間だと認めながら、それを無視するからこそできることなんだ。相手が自分にとって大切な人だったら戦争なんてできないからね」

「人間は病んでいるわ。重い病人ね」

「どういうことかね?」

「敵をつくって憎しみを煽らなくては戦争ができない。戦争をするためには敵が必要。戦争って、そんなに素敵な仕事なの? 行きつく果ては破壊しかないのに。お金はかかるし、ちっともハッピーじゃないし魅力的じゃないわ」

「ああ、ごもっとも。君の言うとおりだよ。しかし戦争で儲かる、得をするやつの強欲がなくならない限り、人間はこの愚行をくり返すのだね。まさに、このトロイの戦場の来歴を考えると、やりきれないほどバカげているよ」

作家はベヘーレン猫をヒザの上にのせて軽やかな手つきで額と頭の先をなでながら、そう語った。猫を抱いてすわっている作家の前方には、緑黄色の小麦畑がはるかエーゲ海の手前までのびている。その畑の中で、農夫が牛を引きながらゆっくりと農地を耕していた。さながら一幅の絵画に見るような、のどかで牧歌的な光景だ。

トロイ戦争のさなかにあっても、このあたりではあの農夫のように土を耕す人びとが必要とされただろう。「腹が減っては戦はできない」のだから……。

私は小高い丘に建つ古い城壁のあいだから、彼方に映える紺碧《こんぺき》のエーゲ海を眺めていた。その時、作家がつぶやくのが聞こえた。

「見てごらん、あの沿岸あたりに横たわる街なみのシルエットは、さながらトロイ城塞を攻めに来たミケーネやスパルタら、ギリシャ軍勢の軍船の連なりのようじゃないか」

『イーリアス』最後の山場は、ギリシャの英雄アキレウスがトロイ王子ヘクトールを討つ場面だ。そのありさまを、やがて滅びゆく、奴隷となってギリシャに連れ去られる運命のトロイ王朝の老王と王妃、ほかの女たちもこぞってこの城塞の丘から見とどけていたのだろう、と作家は古代を思い感慨にふけっているようだった。

しばらく黙り込んでいたベヘーレン猫は、作家のヒザを離れ、足もとへずり落ちたかと思うと俊敏に身をひるがえし、もといた草むらめがけて走りだしていた。

第4章 昼下がりのエーゲ海

The Aegean Sea
in the afternoon

……あたかも
日の沈んだのち、ばらいろの指もつ月がかがやき出で、
あらゆる星々の光を奪うのにも似て。さし出でる月は、
鹹《から》い海面《うなも》や一面に花咲きそう野原の上に、
かがやく白銀《ぎん》のひかりを、ゆたかにふりそそぐ。

すると白露は玉なして地にしたたり、
薔薇やたおやかな 芳香草《アントリュスカ》、また
花うるわしい蜜蓮華《メリロートス》が、ほころびひらく。

（サッフォー・紀元前七世紀／沓掛良彦『サッフォー　詩と生涯』より）

まだ陽が高い昼下がりにたどり着いたアソスのホテルは、小さなひなびた漁港の海岸近くにあった。

石造りの三階建てで、背後の岩山の横腹からせり出すようにして建っていた。チャナッカレからの例の子連れタクシーは、私たちをここで降ろすとたちまち走り去っていった。

旅の荷物を置くやいなや、さっそく作家は私の手を取るようにして港の船着き場へと向かった。レスボス島を見るためだ。西洋最古の女性詩人サッフォーを生んだレスボス島は、エーゲ海の何の変哲もない素朴な港の目の前にどっしりと浮かんでいた。プラトンをして十番目の詩女神《ムーサ》と言わしめた詩人サッフォー。古代ギリシャにはミューズが九人いたというが、サッフォーはプラトンによって十人目に加わった。

今からおよそ二千六百年ほど昔、レスボス島は当時のギリシャ世界では珍しく、女子にも高い教養と自由な活動がゆるされていたという。豊かな自然と肥沃な土壌に恵まれたこの島は、エーゲ海の真珠と呼ばれ、また美人の「産地」としてもよく知られていた。

サッフォーは、裕福な家に嫁ぎ一女をもうけたが、夫が早くに亡くなった後は女子に音楽と詩を教えるサークルを主宰しながら多くの詩を書いた。その詩は、彼女が育て上げた典雅な趣を放つ麗しき娘たちへよせる恋心や嫉妬、そして大人になり巣立っていくその娘たちとの別離の悲しみと愁《うれ》いを率直に詠っている。

レスボス島の方言から選び抜かれた言葉の一つひとつは、心憎いほど簡素な美にあふれている。シンプルでありながらその裏には、一見しただけでは解らない驚くべき複雑な技巧がかくされている。過度な装飾を嫌ったサッフォーの詩の雅致《がち》は、魅力的で気骨に富んでいるのだ。

古代ギリシャの抒情詩は竪琴や笛の伴奏とともに歌われていたから、サッフォーは優れた音楽家でもあった。

当時の女性は、今のように男性と同じ市民的権利は与えられず、その社会的地位は低く、教養を育むこともゆるされなかった。ほとんどは家の中で働き、子孫を生む道具としか見なされなかったようだから、男の真の伴侶となり得なかった。それゆえにか男子間の愛情が育まれたのだろう。彼らは、それを何よりも尊いものと考えていたようだ。プラトンの『饗宴』で語られる愛は、そちらだろう。

男のいる公の場で活動できた女は、宴席の添えものとしての笛吹きや竪琴弾き、そしてヘタイラと称する教養も誇りも高かった白拍子《しらびょうし》くらいなのである。

「この時代、野外劇場や円形競技場に現われた美少年は、今でいう社交界にデビューした美少女と同じくらい注目されたであろう」と鮮やかに言ってのけたのは、確か高名な西洋古典学者だった。

身分の高い教養ある男性ほど、美しい女性よりも美少年を愛したというから、当然、男女の純粋な恋愛関係が成立するなど困難であったのだ。

私の好きなサッフォーの詩は、ほかにもいくつかある。たとえば——。

夕星《ゆふづつ》は、
かゞやく朝が八方に
ちらしたものを、
みな　もとへ
つれかへす
羊をかへし、
山羊をかへし、
母の手に
子をつれかへす

（呉茂一訳『増補　ギリシア抒情詩選』より）

人も、自然も、長い一日の労働が終わり休息の夕べが訪れたという、どことなく東洋の得意とする閑雅な山水画の一幅を思い起こさせる情趣にあふれている。

サッフォーの詩は、男性を恋する詩よりも女性に対する恋慕や愛をつづったものがほとんどと言われているが、何しろ現存する詩は、彼女の全作品のうちのほんの一部、「九牛の一毛」でしかない。そんな断片であっても彼女の詩魂は永遠の美しさと激情をもって人びとの心を揺さぶる。

あともうひとつ、好きな詩がある。

もっとも美しきもの

ある人は馬並《な》める騎兵が、ある人は歩兵の隊列が、
またある人は隊伍組む軍船《ふね》こそが、このかぐろい地上で
こよなくも美しいものだと言う。でも、わたしは言おう、
人が愛するものこそが、こよなくも美しいのだと。
〈後略〉

（沓掛良彦『サッフォー　詩と生涯』より）

サッフォーが生きた時代、男たちは外国との戦争に明け暮れ、家庭など顧みなかった。国内にあっては政情不安、彼女自身、何度か国外追放の目にあい、シチリア島で配流《はいる》生活を送っていたこともあった。

古代のギリシャ人が好んだ言葉は「世界でもっとも優れたものは何か？」だというから、そのあくなき向上心、競演、競争の精神はどこまでも若かったのだろう。現代にも受け継がれているあのオリンピック祭は、サッフォーの頃、始まってすでに二百年が経っていた。武勇を尊ぶ男たちは、日々ギムナシオンへ通い、競技のために身体をきたえた。その肉体はオリンピック祭へ向かうだけでなく、やがて騎兵や歩兵、軍船の優秀な漕ぎ手となって戦場へと散っていくのだった。

サッフォーは詩のなかで、この地上でもっとも美しいものは愛である、戦争よりも、もっと人を愛せよ、と言っているのである。

一見、何の変哲もない漁港の向こうに浮かぶあのレスボス島が、作家にとっては憧れと畏敬を誘うものであったことが今さらのように私の胸を打つ。

トルコのエーゲ海沿岸にある世界的な古代ギリシャ遺跡なら、ペルガモンやエフェソスのほうがその大きさから言って申し分ない見せどころであるはずなのに、どうして作家は、こんなにひなびた小さな漁村の港、アソスに私を連れてきたかったのか、かいもく見当がつかなかった。何事であれ、作家の旅のしかたには一種のスタイルがあって、足を踏み入れる土地にはいつもそれなりの理由があった。今回も、間違いなくレスボス島を対岸から眺めることで何かを確かめたかったのだろう。私は、詩人で音楽家だったオルフェウスの伝説に彩られた詩と音楽の島、レスボス島を指呼《しこ》の間《かん》に見わたしながら、そう考えていた。

「これはサッフォーだよ」

アソスへ来る前にイスタンブールの考古学博物館で思いがけずサッフォーの頭像を見つけた作家は、私の耳もとでそうささやいた。頭像の制作年を見るとローマ時代の作だから、実物とは大いにかけ離れたものだ。サッフォーは、小柄で少々浅黒い肌をもつ小アジア的風貌の女性だったようで、決して美人ではなかったようだと、後日、ものの本で私は知った。

博物館で見たサッフォーは、あの、ギリシャ古典時代の真摯な壮大さに欠けていた。いかにも都会的、繊細、どこか玩弄物《がんろうぶつ》っぽい雰囲気さえただよわせていた。きっと、のちのローマ人が自分たちの好みに合わせて創造したものだろう。

だが、ギリシャ古典を学び始めた学生が、最初に接する詩人はいまもホメーロスとサッフォーである。ローマ時代の詩人カトゥルスが絶讃し、のちのちにもイタリアルネッサンス期やフランス近代の詩人ボードレールにまで多大な影響を与えた詩人の珍しい頭像を偶然にも見つけた作家は、その喜びを短いひと言で私に告げたのだ。

サッフォーの気骨に富んだ詩心に接するたび、いつも思い出されるのは十六世紀の朝鮮に生きた詩人・黄真伊《ファンジニ》の詩だ。短い生涯に多くの詩を残したというが、現存するものは時調六首と漢詩八篇しかない。

男尊女卑の儒教社会にあって女たちは、身分の高い貴婦人であっても男たちと同等の自由や権利は保証されていなかった。ましてや庶民の場合は何をかいわんやである。

学問と教養の高い両班《ヤンバン》や士大夫《したいふ》たちと精神的疎通がゆるされたのは唯一、宴席に同席する白拍子、つまり妓生《キーセン》だけだった。黄真伊は、歌舞音曲に秀《ひい》で才色兼備、当時には珍しく自由奔放に生きた女性だが、妓生人生につきまとう「一期一会」の出会いと別離の悲しみをよく知っていた。当代一流の文人墨客《ぶんじんぼっかく》と同伴者的な関係にあって風流の極みとして詩作を共有したが、その詩は男まさりで豪放、華飾のない真率な詩情にあふれている。たとえばこれだ。

半月を詠む

だれが崑崙山《こんろんさん》の玉《ぎょく》をけずって
織姫のくしをつくったの
恋しい彦星さまと別れたあと
やるせなくて碧い天空《そら》に投げたのよ

詠半月

誰断崑崙玉
裁成織女梳
牽牛離別後
愁擲碧空虚
（日本語訳は筆者）

天の川が現われる七夕の夜の月は、満月でなく半月である。半月形の月を、女性の髪をすく梳《くし》形《がた》に見立てた彼女の想像力は奇抜にして雄大だ。しかもその梳は凡百《ぼんぴゃく》の梳でなく、世にもっとも貴いとされる崑崙山産の玉でつくられた。あたかもその梳で、天の川をひと筆なでてみたら、驚くほどの星くずが鈴を鳴らし天下に妙音をとどけてくれるような、そんな気持にさせてくれる詩だ。

サッフォーの詩が、なぜか私に黄真伊の詩を思い起こさせるのは、紀元前と十六世紀、ギリシャと朝鮮という違いはあれ、二人とも内憂外患の時代にあって、女性集団のなかでつちかわれるある種の連帯感を共有したこと、また比類なき典雅で美しい文才に恵まれたこと、そして苦境にめげず男性よりも気概のある生き方をしたことなど、伝説のなかにいる詩人でもあるからだろう。

つい目と鼻の先にレスボス島の全景を見わたせる絶好の場所がここ、アソスの小さな漁村だ。静かな、波ひとつないビロードのような薄水色の海に面した岸辺では、小さな漁船の影で茶色っぽいものが点々とうごめいていた。そう。点々は猫たちの群であった。総勢八匹はいただろうか。彼らは思い思いのポーズで歩き、陽だまりの船着き場でゆったりとその優美な肢体をのばしていた。その点々は、やがて作家を見つけたらしく、こちらに向けて動きだしていた。

「また猫だわ。本当にここいらは猫天国のよう。それにしても絵になる光景ね」と、思わず声が高ぶった私は、カメラを手にしている作家に写真を撮るよう頼んだ。

作家と私が一九八五年に西ベルリンに住んでいた頃、骨董屋でたまたま見つけた一九三二年製の古いライカを作家は宝物のようにしていた。作家が小さい時分に、父親が愛用していたのと同じ手のものだったらしい。度重なる故障で修理に悩まされつづけたが、作家は、偶然にも自分と同い年のこのカメラに、ことのほか愛着があった。距離計やレンズの絞りもすべて手動で合わせる、面倒きわまりないこのカメラを、散歩の折やちょっとした旅行には首からぶら下げて大切に持ち歩いた。

今回も持ってきていたが、古い金属の重さが時々つらそうだった。それで多くの場合、軽い使い捨てカメラを併用していた。

今にしてつくづく後悔することがある。私は、このライカの使い方を知らないのだ。ライカどころか、作家の愛用したニコンやローライを手のひらにのせてみたことすらない。ベルリン時代に生まれた娘は中学生になった頃、父親からしっかりとそれらの使い方を教わっていたというのに。

　私は常に被写体だったから、カメラのファインダーをのぞいてみようなど一度も思ったことがなかったし、使い方も教わりはしなかった。私が被写体になった写真は山のようにあるのに、私が作家を撮った写真がほとんどないことに後で気がついた。

　私が最初で最後に撮ったと言える作家のスナップ写真は、あのトロイの遺跡で猫を抱いているものと、レスボス島を背景にしたもの、そしてトラブゾンの雪山を望む写真、それくらいだろう。いつもそうだが、自分の愚かさ加減を自覚するのは事後であるのがつらい。私の後悔の念は、見上げる空で浮かんでは消え、また立ち上がる雲のように果てしないのだ。

　ホテルの前の船着き場に沿って細長い白テントが張り出された下に、テーブルクロスが掛けられた木製の卓子《テーブル》とイスが並べてあった。卓子をはさんで作家と私は向かい合ってすわった。

　こういう場合、ことにレストランではどこであれ、私たちは途切れることのない会話をずいぶんと楽しんできたものだが、この日は、ほとんど無言に近かった。

　私には作家がとりわけ疲れ果てて見えたから、なるべく彼の身体の具合のリズムに合わせて言葉を選ぶようにした。そして、私がまだ二十代初めの頃、二人で時々訪れた神戸市内のレストラン「ギリシャ村」での対話を思い出していた。

　あの頃の神戸には、港町にふさわしい、元船員がひらいたレストランやバーがいくつもあった。ギリシャ料理だけでなく、イタリア料理にしても本場に負けないくらいの美味しい前菜やパスタを出してくれる店があった。

「ギリシャ村」では、名物のムサカを取りながら、ウーゾというアニスの香りをもつギリシャ特産のリキュール酒を飲んだ。

その日は、作家がアリストファネスの『女の平和』とギリシャ民主主義についてとくと話してくれたのに、私にとってのギリシャのイメージは、もっぱら当時、「海運王」として世界にその名を馳せていたアリストテレス・ソクラテス・オナシスだった。七人姉妹の末っ子として育った私は、女ばかりの世界がいかに素晴らしいものかを誇らしげに自慢しながら、「私は、アリストテレス・ソクラテス・オナシスが好きなの」と目を輝かせてしゃべっていたように思う。

これは何も、オナシスのゴージャスな生活を羨《うらや》んでのことではない。私の勝手な買いかぶりから来ている小さな感想だった。彼がしがない小国のギリシャなんかあてにせず、地上のどこにも属することのない自分の船を自らの国に見立て世界に君臨することで、現状の「ギリシャ国」は本来のギリシャでなく、自分こそが「ギリシャ」なのだと宣言しているように私には思えた。当時すでに、国家と個人の問題に悩んでいた私は、彼の醜聞などさておき、その自由さ加減が何となく素敵に見えたのだ。

若気の至りとしか言いようのない、私の唐突な言葉が本当に意外だったのか、あるいは、あきれ果てたのか、作家は一瞬絶句し、微かにほほえんでいたのをおぼろげながら記憶している。

いつになく寡黙な作家を前にして、そんな遠い若い日々がふとよみがえってきたようだった。

陽ざしの強いエーゲ海の空の下、テントは心地よい陰をつくって食事を楽しむ人たちをやさしく包み込む。私たちは、微かにそよぐ海風のなか、レスボス島を横に眺めながら、スズキの塩焼きと白ワインを注文した。

「このところ何を食べても美味しくなかったけれど、これはいけるよ。とすると、よほどうまいということだな」

旅行の間、食事がいっこうに進まなかった作家だが、このスズキには思わず明るい笑みを浮かべ舌つづみを打つことができた。

第5章

アルキビアデス猫の憂うつ

The student of Socrates named Alcibiades

宿泊することになっているホテルは、レスボス島がちょうど斜めに見える具合の場所に建っていた。

この日、私たちには十分な気持の余裕があったので、食事の後、ホテルの周りをちょっと歩いてみた。

数十軒もあるだろうか、この小さな村では、どれも石組みの二、三階建ての住居が石畳の通りをはさんで向かい合っている。通りのどんづまりは小高い岩山で、その頂《いただき》にはアテネ神殿の円柱がいくつかそびえ立っていた。

もともとアソスは、紀元前八世紀にレスボス島の植民者によってつくられたが、紀元前六世紀にはアテネ神殿を建てるほどに繁栄した。一時、プラトンの弟子がレスボス島を治めている間、哲学者たちをアソスに住まわせるよう勧めた。〈アカデメイア〉を去ったアリストテレスも、ここに紀元前三四八年から三年間住み、弟子を育てたという。

さてアテネ神殿に行くつもりで、家と家との間にある石畳の通りを曲がろうとした時、二匹の猫がヌーッと姿を現わした。そのうちの一匹は、手足の長い、実に美形としか言いようのない黒猫だった。どことなく近寄りがたい気品と風貌をもったこの猫は、ちょうど三、四メートルの距離を保ちながら私たちについてきた。

観光シーズンにはまだ早い時期だったから、アソスのアテネ神殿を見に来る客はまばらだった。少し赤茶けた岩山のデコボコ道を登っていると、後ろから声がした。

「ねえ、どうしてここに来たの?」

ついてきた美形の猫が作家に訊いた。

「おや、いいことを訊いてくれるな。それはだ、古代ギリシャ帝国がエーゲ海沿岸にわんさと植民地をつくったけど、レスボス島を眼下に眺められるアテネ神殿はここがいちばんだからだよ」

「ふーん、よく知ってるね。僕の名前は、アルキビアデス」

「ほう、そうかい。あのソクラテスの愛弟子アルキビアデスと同じ名前とはおもしろい」

「知ってるの?」

「知ってるさ。ところで君こそ、アルキビアデスがどんな人物だったか知ってるかい?」

「うう〜ん。知るわけないよ。猫の魔性は時空を超えて生きつづけるというけど、アリストテレスがこの地で暮らした頃、アルキビアデスはとっくに死んでいたらしいし。僕と同じ名前の彼は、ペロポンネソス戦争時代に一時、指揮官をやったこともあるんだって?」と、恬淡《てんたん》と答えるこの美しい猫は、ちょっとしゃくにさわるけれどどこか憎めないところがある。なんとなくプラトン描くところのアルキビアデス像に似ていなくもないと作家は思ったそうだ。

「君ね、ペロポンネソス戦争を語るには、この戦争に前後するギリシャ帝国の長い歴史をまず理解しないと」と作家は遠くを見るようにして言った。そして、「ギリシャは、デモクラシーの元祖の国といわれるけど、紀元前十〜八世紀頃、ホメーロスが書いた『イーリアス』の時代にはギリシャにはまだデモクラシーはなかったんだ。その時代はアリストクラシー(貴族主義)の政治だったから、あのトロイ戦争の時のように貴族・王族がデモス(小さな人間)をしたい放題に使っていた。

しかし、それから三、四百年経って、だんだん人びとの知力が発達するにつれて、こんな状態はおかしいと考えるようになった。そこでソロンという改革者が出てきてデモスの重要性を説き、皆で実践してでき上がった制度がデモクラシーなんだよ。

想像してごらん。その三、四百年の間にデモスの力がみるみる変わっていったってことを。すごいと思わないかね」

「確かにすごいかも。『イーリアス』の時代、デモスは反抗することもできず服従するのみの悲しい存在だったものね。それにしても三、四百年もかかってつくったとは気が遠くなりそうだな」とアルキビアデス猫はちょっといたずらっぽくつぶやいた。

「そう。いいものはゆっくりしか動かない。何事も。だから尊いのだ。

古代ギリシャでもっともデモクラシーが栄えた紀元前五世紀頃、ギリシャは文学や芸術、哲学、医学、数学などが進歩した栄光の時代でもあったんだよ」

「それ知ってる！　歴史の父ヘロドトスにトゥキディデス、文学ではソフォクレスにエウリピデス、それにアリストファネス。哲学ではソクラテスやプラトンだけじゃない、医学のヒポクラテス、数学のピタゴラスも！」

「あのアリストテレスはプラトンの学校〈アカデメイア〉で学んだものさ」

「ふ〜ん、なるほど。世界のいろいろな物事の根源はギリシャのこの時代に始まっているといわれるゆえんだよね」

「だがね、もうひとつ、これはあまり自慢できない始まりもあることを知っているかい？　アルキビアデス君」

「え？　何なの？」

「民主主義と自由のため、という旗印の下に多くの戦争をしたことだ」

「今も同じことを言っている国があるよね。いったい、いつの話だっけ？」

「もちろん紀元前五世紀のギリシャ、正確にはアテナイ帝国の話だよ。この時代、ギリシャは、自由と民主主義のための戦争と称してペルシャと戦った。

知ってるかな？　有名なヘンデルの曲「オンブラ・マイ・フ」は、このペルシャとギリシャの戦争が背景になっているんだ」

「それって、ペルシャ王の横恋慕《よこれんぼ》の物語の曲だよね」

「アテナイ帝国はこの頃すでに、陸軍をもつ国から強力な海軍国へと変貌をとげた。エーゲ海の小さな島の国々とつぎつぎに「デロス同盟」という軍事同盟をつくり、ついには海の覇者となった。これに脅威を感じたスパルタは、同じように周辺国と軍事同盟をつくり両者の対立が激化、そして戦争になったんだ。これがペロポンネソス戦争だ。

この時のアテナイの指導者はペリクレスだが、彼は戦死者を追悼する有名な演説をした。……われわれはスパルタのような野蛮な軍国主義でなく、楽しい生活を享受しながら戦争に勝っているのだ……とね。これはつまり、デモクラシーの国の戦争をよく表わしている言葉だよ」

「ちょ、ちょっと待って。その話、ますます過去とは思えないや。何だか今のアメリカの世界戦略とか中国の台頭のことを話しているみたい」

「そうだろ？　あまり自慢できない古くて新しい話なんだ。アテナイ帝国は、この三十年におよぶペロポンネソス戦争をつづけたおかげでだんだんと没落していったんだよ。

アルキビアデスは、アテナイ軍の指揮官に選ばれて勝ち誇っている時、スパルタの息の根を止めるには、その背後にあるシチリアの国を叩かねばならないとカッコつけたものだから、皆から、それではお前が率先して行けと言われて困った末に、酒に酔った勢いで神殿にあったヘルメス像をうっかり壊してしまったという。これは死罪に価《あたい》する行為で、とうとうアテナイ帝国は彼に死刑を宣告した」

「ひどい。酔っていたんだし、ほんとにアルキビアデスの仕業かどうかなんて、わかったもんじゃない」

「彼はそこでどうしたと思うかい？　脱走したんだ。こともあろうに敵側のスパルタへ。そして戦争が終わると赦《ゆる》されてまたアテナイへ帰ってくるんだ。その時、彼はこう言ったそうだ。……国家と市民は対等な関係にある。国家は市民によって成り立っているのだから、国家は市民を愛さなければならない。またデモクラシーの国だから、と国の言うことに必ず従わなければならないのか？　そうではない。国家は国家の都合、原理で動いているのだから、私は私の原理で動いて生きていい。私を死刑にするような国家は私の国じゃない。だから国外逃亡したのだ、と堂々と言ってのけたその男こそアルキビアデスなんだよ。アルキビアデス君」

「国家の原理に対して、決して巻き込まれないぞ、と個人の原理がしっかりしていないとできない行為だね。勇気がいる孤独な作業だな。そんなことできるかな……」

「孤独なんて当たり前さ。そもそも人間は一人で生まれて一人で死んでいくのだからね。でも勇気は違う。勇気は人間が互いにもらい合うんだ。

　国家は、上から下へと個人に命令するけど、個人個人の市民どうしは互いに助け合う、横につながる力をもつ。世の中には、こんなにも勇気をもって生きた人間がいるんだと感心させられる人がいるじゃないか。その人の生きた足跡や言葉が人びとに勇気を与えるんだ」

「それって本当？　アルキビアデスも？　正直、よく同じ名前をうらみたくなる。いままでよい評判なんて聞いたことないんだけど」

「アルキビアデスのすごいところは、デモクラシーは、国家と個人が対等だと実践してみせたことだ。これが大事なんだよ。この自由な精神がアテナイ民主主義の基でもある」

「僕たちは嫌なことは嫌だとさわぐしかないけれど、そんな小さなことでも勇気になるの？」

「もちろん。それが抗議というものさ。大いにニャーニャーやりたまえ。勇気に大小なんてない。勇気とは、自分がとても大事だと思っていることを一人でも始め、一人でもやめる心構えのことなんだよ」

「ふ〜ん。そうか。いや、ありがとう。何だか解らないけどお礼を言いたくなった」

ちょっと小生意気なこの猫は、作家とのやりとりに硬直していた心がいくぶんほどけたのか、まるでスキップを踏むようなリズミカルな足どりで私たちの前を歩きだした。

「ほら、だんだんと海が見えてくる」

港からつづく石畳の道を通りぬけてゴツゴツとした赤茶けた岩山を歩いていた私たちに、もうすぐ目的地だと知らせるアルキビアデス猫の声がした。

神殿へと向かう岩山の道は、古代の人びとが足しげく通ったのか、その大きな大理石が大小のお盆のようにすりへってツルツルとしていた。よほど気をつけて足の裏に力を入れないとうまく前へ進めないことがおもしろかった。

坂道に沿って建つ石造りの小さな家の前には粗末な台が置かれ、村びとが持ち寄った羊毛の手編みの手袋やくつ下が売られていた。ギリシャの家はローマのとは違って、屋根も低く窓が少ない素朴なものが多い。これは、ギリシャの建築が神殿を中心に発展したからだろう。

神殿の円柱は、縦にドレープがたっぷりと入ったドレス姿の女性の彫像のごとく、有機的な人体であるかのように存在していることを、かつてアテネのパルテノン神殿を初めて見た時、私は感じていた。

ギリシャ人にとっての空間とは、人物と人物、あるいは物体と物体との間に生じる隔たり、すき間であり、実体を存在させるための「場」にすぎないのかもしれない。それは、ギリシャ文化を模倣、発展させたローマ人の空間づくりとずいぶん違うように思う。

ギリシャの野外劇場や競技場は、常に外界と切り離されることなくひと連なりにつながるものとしてあるのに対して、ローマでは、たとえばコロッセウムのように外界と切り離された別空間、別世界の錯覚、熱気を味わうことができる。現実からの超越感を人間に体験させるようにつくられているからだろう。

王様がいなかったギリシャでは、選挙よりも公開の場で皆が自由、対等にしゃべる言論の自由が何よりも優先、重要視された。しかし皇帝の君臨するローマでは、そういった言論の自由よりも選挙の多数決のほうが重んじられたという。

デモスの重要性を最初に言いだして実現したアテナイ人のデモクラシーはなかなか興味ぶかい。今とは違って国家の官吏はおかれず、行政の係は回りもちで、市民(十八歳以上の男子)全員がくじを引いて参加することになっていた。数千人が集まる民会には、二十五キロも離れた遠くからであっても農民や水夫、職人たちが歩いてやってくる。そこでは、生活向上のための政策から、戦争をするか否かまで話し合われ、選挙は最後、戦争の指揮官や将軍を決める時に行なわれた。そしてすべての公職者をいつでも召喚することができた。

選挙よりも民会で、世のため、人のために役立つことを上手く話す説得術が重んじられた。アテナイにおける民主主義政体《デモクラティア》は「文《ロゴス》」の政治だ。言葉と理性の力で人を動かすことにある。これが「説得《ペイトー》」だが、この「説得」が民主主義政体のカナメとしていかに重要視されたかは、「説得」の女神の像がアテナイの各所にまつられていたことで解る。何しろギリシャ民主主義の基本は、誰もが対等、平等に公の場で話し説得することなのだ。古代アテナイ人はおしゃべり好き、識字率は低かったが耳学問に優れ、演劇祭や民会、裁判の陪審員、行政委員会などに全市民がくじ引きや回りもちで参加するのだから、彼らの一日は結構忙しく、演劇祭と民会の場に切れ目がなかっただろう。

古代アテナイでは、あのギリシャの野外劇場と民会が行なわれるプニクスの丘やアゴラ《市場》がひと連なりにある生活だったのである。ある日はアテナイ地域を治める側での役割を果たしたかと思うと、また、ある日には治められる側の立場に回るといった具合に。このユニークな民主政体は、のちのローマによって滅ぼされるまで八百年もの間つづいたというから感心する。

私は、粗末な台に並べられた村びとの手づくりの民芸品を、買おうか買うまいかと迷いつつ、それらを横目に通り過ぎながら、古代アテナイのデモクラシーをささえたであろうデモスの日常の様子を想像していた。

しばらくつづいた坂道を登りきったところで、急に視界が広くなった。

「アテネ神殿て、こんなに小さいのもあるの？」

私は思わず不用意な言葉を吐いた。私たちの前を歩いていたはずのアルキビアデス猫の姿はなかった。

第6章 玉砕

The Breaking Jewel

あれは私たちがまだ結婚する前の一九七六年、作家は中部太平洋の島々を訪れた。太平洋のど真ん中、赤道付近にあるギルバート諸島というサンゴ礁の島々が、近くイギリスの統治から独立する予定で、その前に行っておきたかったと作家は言った。ベトナム戦争も終わり、第二次世界大戦後に植民地から解放された国々が世界中で民族独立をもとめて戦っている時期だった。ところが太平洋の島々では、逆にアメリカのアジア・太平洋戦略にもとづく覇権がむくむくとふくれ上がりつつあった。

そう。「帝国主義のはしご」は、ちっともはずされてはいなかったのだ。あくなきこの連鎖を断ち切るにはどうしたらいいのか？

発端は一八九二年五月にさかのぼる。

大英帝国軍艦「ロイヤリスト」号が突然ギルバート諸島に現われた。現地（アベママ島）の王様と三、四百人ほどの島民を集めたこの軍艦の提督が、今日からここギルバート諸島は大英帝国の保護下に置かれたといきなり宣言して「ユニオン・ジャック」の旗をかかげた。

以来、一九七九年までこの島々は英国に統治された。まったく理不尽な仕業で。

イギリスは、ナウル島やマーシャル諸島を一八九二年以前から領有していたドイツと協定を結び、中・南部太平洋のそれぞれの「取り分」を勝手に決めた。

それでギルバート諸島やエリス諸島は女王様の国イギリスのものになったのだった。

こんな横暴があっていいものかとあきれるが、日本は第一次大戦後、ドイツ領だったほうの島々をそっくりそのまま受け継いで統治した。それればかりではない。第二次大戦後にはアメリカが日本の領有していた島々を自分のものにしたのだ。

現地の島民の意思などおかまいなく、戦争に勝った国が敗けた国から分け前を分捕ってしまう。近代帝国主義の野望が太平洋の島々の背景から見え隠れする。

そして、この島々こそ「玉砕」の地であった。

作家がある島で知り合ったTさんは温厚な村の協同組合長で、日本統治時代に生まれた生粋の島民だ。彼は作家と親しくなるにつれ家族の来歴を語り始めた。

祖父の名前はゴンザレス、父はハインリッヒ、自分は太郎、孫はジョージ。作家はこの名前の列記が何を意味するのか、即座に理解した。大航海時代、マゼランが太平洋の島々を発見、侵略したことに始まる「帝国主義列強のはしご」のまさにオンパレードだ。

アジア太平洋を制しようとするならば、この広大な海の北部、中部、南部の島々を何としても手中におさめなければならない。世界制覇をもくろむ帝国がつぎつぎと赤道近くの小さな島々にはるばるやってきては力で支配、統治した。

やがて別の大国との戦争に敗けた大国は去っていったが、おびただしい戦死者たちの残骸は誰に引き取られることもなく海底深く沈み、あるいは地中深く埋まったまま残された。

第二次世界大戦末期、ガダルカナル島で大敗した日本海軍は、劣勢を挽回しようと多数の兵士と軍属、島民までを動員して堅固な岩でできた島を切りひらいた。目的はただひとつ、日本本土を守るための前戦基地をつくることだ。

自給自足の平和な暮らしを穏やかに営んできた島民たちの楽園は、基地の要となる飛行場にされてしまった。そして日本軍は、この軍事拠点を奪取しようとする米軍と熾烈な戦いをくり広げることになった。

滑走路を手掘りで切りひらく重労働は、おもに軍属とTさんたち島民が担った。軍属には植民地出身の朝鮮人が多く、沖縄出身者もいたが、彼らは軍人たちからひどく差別されていたとTさんは語った。

島民もひどい扱いを受けている。労働の対価など一切支払われず、おにぎりに梅干しか何かが添えられて配られるだけだった。これに少しでも文句を言おうものならただちに首が飛ぶ、と言って手で自分の首もとを切るポーズをTさんはして見せた。

南方の人特有のゆったりとした物腰のTさんが、「大きな国がつぎつぎとやってきて自分たちの勝手な都合を押しつけてくるんだ。これでは私たちのようなわずか数百人の小さな島の国は身動きもならない」と苦しげにつぶやくのが、作家にはこの上なく切なかったそうだ。

「それにしても、いつ遺骨を引き取りに来るのか？　いつかは遺族がやってくるだろうと思うと、古くなった家を建て直すのもためらわれる。私の家の下には戦争で死んだ兵士の骨がたくさん埋まったままだから」

島民たちは、てっきり作家がここに眠る戦死者の遺族だと思ったそうだ。一九七六年当時、日本人旅行者はそれほど珍しかった。

作家がものごころついた頃、日本は戦争ばかりしていた。

真珠湾を奇襲攻撃し、アメリカとの戦が始まってまもなく、作家の父親が言った。

「この戦争は敗ける。カリフォルニア州よりも小さな国土の日本が、米国相手に戦ったところで勝ち目はない」

軍国主義教育で固められた学校で聞かされる話とは正反対の父親の意見に、作家は自分の耳を疑った。日本中が戦勝気分に沸いていた。しかし、日を追うごとに大本営発表の戦況報告でさえ雲行きが少しずつ怪しくなっていくことに作家は気づく。

とりわけ太平洋の島々で起こっていた「玉砕」の戦いは、少年だった作家の心に生涯ぬぐいがたい記憶の爪痕を残した。

「玉砕」という言葉に潜む張りつめた緊張感と得体の知れぬ恐怖感は、時にゆがんだ崇高感をも誘う。

作家は「玉砕」した戦死者の遺族ではなかったが、戦争が終わって三十年後、長年気になってならなかったその「どんづまり」の現場にどうしても立ってみたいと思った。そしてもう一度あの戦争について、人間について、また、もし自分ならどうしていただろうと考えたかったと言う。

太平洋の大海原に散在する「玉砕」の島々には、とてつもなく険しい断崖絶壁が多い。沖縄本島を含め「スーサイド・クリフ」で有名なサイパン島やテニアン島の断崖からは数千人もの日本兵や軍属、民間人が投身自殺に追い込まれた。

はるか昔の戦場でも、王族やその臣下が進退きわまって城の頂から投身することは、『イーリアス』の舞台であるトロイの落城のみぎりにもあった。また「白村江《はくすきのえ》の戦い」にやぶれ、百済の首都が落ちる際に多くの官女たちが崖から身を投げた話も有名だ。

しかし第二次大戦末期、沖縄を含めた広範囲にわたる太平洋の島々で起こった「集団自殺」ほどおぞましいものを、ほかにあまり知らないと作家は言っていた。

日本は、「殺し、焼き、奪う」戦争を他国に仕掛けた末に、自らも「殺され、焼かれ、奪われる」体験をした。なかでも「玉砕」は、死者のみならず生き残った者にもおどろおどろしい刻印を残すほど惨憺《さんたん》たる戦いだったのだ。

「玉砕」について深く思い悩み、考えつづけた作家は、のちに、いくつもの文学作品を生んだ。

とりわけその言葉そのものをタイトルとした小説『玉砕』は、やがて英訳され、二〇〇五年八月六日には、イギリスＢＢＣワールドサービスのラジオドラマにもなり、世界で四千万人以上の人が聴いたという。

この放送に先立つこと十年前の一九九五年にも、同じくイギリスＢＢＣが第二次世界大戦終結五十周年記念番組として、八月六日の「ヒロシマ・デイ」に作家の小説『ＨＩＲＯＳＨＩＭＡ』をラジオドラマ化、放送している。ＢＢＣが日本人作家の作品をドラマ化したのは、木下順二の「夕鶴」以来だったそうだ。

その年の一月、私たちは阪神淡路大震災に被災していた。

被災直後から、作家は市民が市民を助け合う「市民救援基金」運動を立ち上げ、私もそれを手伝うなど、両親ともに忙しい毎日がつづき、九歳だった娘をかまってやることができずにいた。気づいた時には、娘は「赤ちゃん返り」をしていた。それまでの安心で平和な日々が地震によって一瞬にして壊された悲しみを必死にこらえようとでもしているのか、いちばん幸福だったという幼稚園児頃に慣れ親しんだオモチャを部屋いっぱいに広げ、ひとりこもっていたのである。

そんな折ＢＢＣから、八月六日の放送をロンドンの現地で原作者、ドラマ作家、プロデューサーの皆で一緒に聴かないかとおつな提案があり、私たちは家族三人でイギリスに行くことにした。心の安定が必要だった娘にとっても、ちょうどよい機会だと思った。

プロデューサーのＭ氏は、大学を出てからＢＢＣのドラマ部門でずっと仕事をしていた。戦後五十年の記念番組に、人類初の原爆投下を扱った作品を取り上げようと考え、母校オックスフォードの文学部教授に相談したところ、作家の『HIROSHIMA』を薦められたのだった。

ロンドン市内のカフェで初めてM氏と会った時、私は思わず頬をゆるめてしまった。日本を出発する前、私と作家は賭けでもするかのように、オックスフォード大学出身のプロデューサーがどんな出で立ちで現われるかをあれこれ予想し合っていた。私は、いかにもオックスフォード出らしく、さっぱりとしたスーツ姿で来るにちがいないと言ったが、作家は、「なぁーに、サンダル履きで来るさ」とひと言、断言した。

現われたM氏は白いワイシャツに、なんとサンダルを履いていたのだ。

自己紹介もそこそこに、M氏のサンダルが作家の想像どおりであったことなど話すうち、私たちはすぐに親しくなった。話がさらにはずみだした頃、少し遅れてドラマ作家のT嬢も加わった。T嬢はのちに『玉砕』のドラマ化も手がけるベテランの劇作家だ。

M氏とT嬢は、実はそれが初対面のようだった。ところがM氏は、その日がT嬢の誕生日当日だと調べてあったらしく、美しいリボンで結ばれた手のひらほどの小さなプレゼントの箱を彼女にそっと手渡していた。イギリス人男性のさりげないジェントルマンぶりをかいま見た気がした。

この夜、テムズ川に面した重厚な扉をもつM氏の自宅居間でラジオドラマを皆で聴いた。ラジオから流れる音だけを頼りに、人間の心と頭が縦横無尽に想像の翼を広げる。BBCラジオドラマは、あのジョージ・オーウェルが一時、文芸番組の担当をしていたりして、その文学性や芸術性には伝統的に高い定評がある。

ドラマ『HIROSHIMA』は、BBCマンチェスターで収録したという。M氏はその次の日、私たち親子をマンチェスターのスタジオに招んでくれた。

収録部屋では、ドアを開け閉めする音、風の音、食器のふれ合う音のつくり方などなど、ドラマ制作におけるさまざまな仕掛けを種明かししてくれた。私は、テレビドラマのような華やかさとは違って、どこか深い人間の知性に訴えかけるラジオドラマの魅力を知った気分になっていた。

次の日は、ロンドンのＢＢＣ本部へ出かけた。

Ｍ氏は、仲良しだというアイルランド出身の同僚を私たち親子に紹介しては、つぎつぎとＢＢＣの内部を案内してくれた。第二次大戦中もナチ・ドイツの空爆から放送を守りつづけたという「ＢＢＣ」には、目に見えないイギリス人魂がミッシリと詰まっているようで、思わず背すじが伸びた。娘にもよい影響があったように感じられた。

それから十年後の二〇〇五年、作家の『玉砕』がふたたびＢＢＣに取り上げられることになった。作家へのインタビューを前置きに、ドラマが始まる段取りだった。

来日し、わが家の居間でインタビューの収録を終えたＢＢＣワールドサービスのプロデューサーが、「あなたは、私の国の作家ジョージ・オーウェルに似ているように思います」と言ったのは思いがけなかった。

しかし、考えてみるとジョージ・オーウェルが二十九歳で書いた処女作『パリ・ロンドンどん底生活』は、二十世紀初頭の花の大都会パリと世界随一の都市ロンドンにうごめく「無一文」生活者たちの物語である。

そして作家も二十九歳の時には、二十世紀後半の世界二十二カ国を「一日一ドル」で見聞して回る貧乏旅行記『何でも見てやろう』を書いている。

時代的背景や訪れた国の数、具体的な体験の内容こそ違え、どちらの作品にも、一見きらびやかな先進国に巣くう病根を鋭く見抜く、若さと知性と勇気に満ちた澄んだ眼が光っている。

その眼は、物事を俯瞰《ふかん》して見る鳥の眼と、心やさしき弱者の虫の眼の、両方の性質をあわせもっている。自分の置かれたある種「恵まれた」立場にも自覚的で、時に凄惨な貧困の現場を前にして思わず立ちすくんでしまう自己のいやらしさや弱さにもしっかり向けられる眼なのである。

『玉砕』がBBCワールドサービスのドラマになったきっかけは、世界的に高名な日本文学研究者、ドナルド・キーン氏の翻訳である。

一九九八年に書かれた『玉砕』は、第二次世界大戦中の、パラオ諸島ペリリュー島での旧日本軍全滅がテーマだ。大戦の時、アメリカ海軍の通訳官として従軍したキーン氏は、アリューシャン列島のアッツ島や沖縄で日本軍の玉砕の戦いを間近に見ていた。

キーン氏と作家には一九五九年来の親交があった。作家はフルブライト留学生としてハーバード大学大学院に学んだのち、『何でも見てやろう』の旅に出る直前、ニューヨークで初めてキーン氏と会い、美味しい料理でもてなされたと言う。

それから四十年近い歳月を経て、小説『玉砕』を書き上げた作家は、自ら本を小包用の封筒に入れながら、少年のような眼差しで「キーンに送るんだ」とひと言私に告げ、一人で郵便局へと向かった。その後ろ姿は満足げに見えた。キーン氏に本を送ったためしがなかった作家がそうしたのは、よほどこの小説には彼に伝えたいものがたんと詰まっていたのだろう。

するとキーン氏から思った以上の反応の手紙が届き、作家をたいそう喜ばせた。『玉砕』を読んだキーン氏には自身の戦争の記憶がよみがえり、「これを英訳して世界に伝えるべきだ」と思ったという。小説の英訳は、三十五年前の三島由紀夫著『宴のあと』以来だとのこと。

そして『玉砕』をめぐる作家とキーン氏の対談までが企画され、その冒頭でキーン氏はこう言われた。

「……何と言いましょうか、日本人はみんな酔っていたんだというふうに思っていました。それはもちろん酒で酔っていたという意味じゃなくて、自分の理想とかあるいは信条とか、そういうものに酔ってたから、死ななくてもいい時でも死んだ、自殺した、と思った。……それは私にとって永遠の謎という形で残っていたんですが、……ご本を読んで初めてわかるような気がしました。

ペリリュー島やそれに似た島でおきた出来事は、決して気違い沙汰ではなかったんだと、この本を読んで思いました」

このように始まる二人の長い対談は真率で誠実そのもの。文学という、人間の孤独な魂に深く寄り添う営為の本質に共鳴しあう、言葉のシンフォニーを聴いているかのようで、読み返すたびに新しい発見がある。

日清、日露の戦争に勝ち、第一次世界大戦では太平洋のドイツ領諸島を奪って、もはやいかなる大国を相手に戦おうとも「大東亜共栄圏」の盟主である「神国日本」は勝ちつづけるのだと信じて突き進んでいった英・米との戦争の最終場面が「玉砕」の戦いなのだ。

「玉砕」や「特攻」は、美辞麗句でくるまれた武士道的な陶酔や狂気では決してできない行為であることを、この小説は教えてくれる。

八方ふさがりに追い詰められた孤島の戦場では、古参の模範兵士も幼い初年兵も皆、死んでいくのだ。植民地から駆り出された軍属や現地の住民なども同様である。

軍国主義教育で育った少年時代の作家は、戦争末期、日本はもしかして勝てないかもしれないが、かといって父のように敗ける実感をもつこともできなかったと言う。当時の多くの日本人は、そのような空気感のなかに生きていたのだろう。

「万世一系」の「天皇制近代国家」である大日本帝国に神風が吹く時を待っていたが、それがかなえられないと覚《さと》った時、人は何を思っただろうか。最終目的が「玉砕」や「特攻」の戦いでしかないと告げられた時、人の脳裏に去来するものは何か。

極限状況に追い込まれた人間は、自分自身を納得させるための「意味」づけをしようとするのではないだろうか。人生の何たるかをまだほとんど知らずにいる二十歳前後の若者が、自らの命を擲《なげう》って戦うには、そのためのモチベーションを探すだけで精いっぱいだったはずだ。

こうした緊張感が『玉砕』という小説の底層には流れていて、時にゆがめられた崇高感をもあえてただよわせつつ、やはり戦争とはおぞましいものだと物語っているのだ。

普段の感覚ではおよそ計り知れない人間の行為とは、そこまで追い詰められるプロセスがあっての結果である。

国家の指嗾《しそう》する大義名分と自分の行為を一体にできる兵士と、そうでない兵士、あるいはそのどちらとも言いきれない兵士などなど、さまざまな人間の複雑な心理をのぞかせてくれる。

特攻兵士の書き遺した「完全ナル飛行機ニテ出撃致《イタ》シ度《タ》イ」という言葉が示すように、戦争末期にはまともな戦闘機すらない状況においても徹底抗戦しようとした。それが「玉砕」の戦いであった。誰が、何のために、彼らをそこまで追い込んだのか。それが問われつづけなければならないだろう。

「龍ならばや雲にも乗らむ」という鴨長明『方丈記』の一節を『玉砕』のエピグラフとした作家の心のつぶやきが聞こえてくるようだ。

そして『玉砕』の英訳が進んでいる中、「9・11」のテロがニューヨークで起こった。国際的に孤立し、抑圧され、無視されつづけた人びとの抵抗が、テロという民間人の犠牲をともなう悲劇となって浮上する現代世界の相貌が何とも苦痛の表情でしかないのは、「玉砕」や「特攻」という行為がもつおぞましさとゆがめられた崇高さが、いまだ亡霊のようにただよっていると感じられるからでもある。

アソスのアテネ神殿がある岩山の崖っぷちから眼下に広がるエーゲ海の蒼い色を見ながら、私は、かつて作家が話してくれた太平洋の島々に思いを巡らせていた。

第7章 アソスの神殿とイソップ猫

Socrates likes Aesop's Fables

アソスの港の後ろにせり上がる岩山の頂にアテネ神殿はあった。

神殿というからには、きっと、以前アテネのパルテノン神殿で見た、かの荘厳なるエンタシス円柱が立ち並んでいるのを期待したのだが、アソスの神殿は、あまりにも小さかった。

「アリストテレスが住んでいた土地だというのに。あぁ、これが植民地というものなんだわ」

植民地の建造物は宗主国のそれよりも大体の場合小さいということを、ロンドンとダブリンの銀行、パリのオペラ座とハノイのオペラハウス、東京の日銀とソウルにある元日銀の建物を見くらべて知っていた私は、合点がいったようないかないような思いを抱きつつ作家の横顔を見た。

「帝国を築くと、どの国も同じことをしたがるんだな。戦前、大日本帝国が南洋諸島を支配した時も、大きな神社を建て、あたりに睨《にら》みを利かせた。ある島を歩いていて大鳥居がまだ残っているのに出くわしたことがある。もちろん日本本土のよりは小さいやつだがね」

作家が神殿の建つ岩山の頂からつい海面をへだてて向こうに浮かぶレスボス島を見つめたままそう語った時、遺跡にころがる大小の石ころのあいだから陽炎のように揺らぐものが見えた。いなくなっていたアルキビアデス猫だった。ずんぐりとした体軀《たいく》のもう一匹の猫を連れてきていたが、そちらの容姿はまるでガマガエルのように不恰好だった。

「やあアルキビアデス君、どこへ行っていたんだい？」

「なーに、港に戻ろうとしていたら、あなたに会いたいという猫がいたのでね。それでわざわざ連れてきたんだ」

アルキビアデス猫は不恰好な猫の肩を見やってそう言った。

「わしの名前はイソップ猫だ。あの寓話でおなじみの……」と自己紹介もそこそこに、

「あなたのことをアルキビアデスから聞いて、ぜひ会いたいと思ったんだ。ひとつ、つかぬことを訊いてもいいかね？」

「ああ、いいとも」

「あなたは、そもそもどうしてギリシャになんか興味があるのかな？　遠い東洋の国ジパングの人がなぜ古代ギリシャについてそんなにくわしいのかい？」

「ん〜ん。それを話しだすと長くなってしまうなあ。まあ、いいだろう。戦争と関係があるんだ」と言って身をやや乗り出しながらつづけた。「私が十三歳の時、長くつづいた戦争が敗戦に終わり平和がやってきた。平和とともに自由と民主主義もやってきた。これからは文明国の一員として生きるのだという、戦中にはあり得なかった価値観への転換に希望を抱くようになった。

だって戦争中の生活は野蛮で無文明性そのもの、ただひたすら飢えと空爆の恐怖と耐乏だったからね。

極度に制限されていた外国文化の摂取も、戦争が終わってしまえばじきに解禁され、ことに欧米の多くの書物が手に入るようになった。

あの頃、民主主義の世の中になったと国中がさわいでいたけど、私には、いったい民主主義とは何かがよく解らなかった。そこで、現代民主主義社会の最先端であるらしいアメリカと、民主主義の源流であると聞く古代ギリシャを勉強すれば少しは解るんじゃないかと考え、まずはデモクラシーの元祖〈古代アテナイ〉について知りたくなったんだ。

手に入るいろんな書物を読むなかでも『古代ギリシア文学史』(高津春繁著)がいちばん気に入った。念のために言っておくと、早熟な高校生だった私はすでに小説を書いていたから、その文学史がおもしろくてたまらない。とうとうその本を書いた先生が教えていた大学へ入ってしまうほど夢中になっていた」

「それで民主主義は解ったのかい?」

「アハハ、世の中、そんなに甘いもんじゃないぜ。民主主義に答えはないさ。あるのは民主主義に至ろうとするプロセスだけだよ。でもね、このプロセスというのが大事なんだ。人間て、答えが解っていれば行動なんかしないものさ。解らないから答えをもとめて努力する。努力がプロセスだ」

「それって、たいへんだ。それじゃ人間て、生きているあいだは、ずーっと努力しつづけているの？」とアルキビアデス猫。

「そう。死が終着点だとすれば生きていることは過程、つまりプロセスだろ？　だから何らかの形で努力している。それも熱情をもってね。絶望しないという熱い心がなければ人間は精神をささえきれないものだよ」

「僕たち猫には絶望なんて言葉はないよ。時々、やきもちを焼いたり愛情をひとり占めしたくなることはあるけど」

「もちろん嫉妬は人間にもある。しかし絶望の暗闇のなかに希望の光を見出したいと模索する気持は人間にだけあるのだと思うよ。それともうひとつ、動物にはなくて人間にだけある大事なものがある」

「それって何？」

「社会や公的な物事に対する情熱だ」

「社会や公的なもの？」

「そう。プロタゴラスが神話を介して言っている。ゼウスは人間にそれぞれ特殊な専門性をもたせた。しかし共同体の政治に関する知識だけは、全ての人間に平等に与えたというんだ。古代アテナイ人は〈民会〉で、船や寺院を建てる際には必ずその道の専門家を呼び、意見を聞いたらしい。もしその時、非専門家が口を出そうものならアテナイ人は猛烈なブーイングで彼らを黙らせたというほどだ。しかしアテナイ人が住む都市の一般的な政治問題を論じる時は、市民は誰であっても自由に発言できたし、また人びとはその言葉を注意深く聞いていた。

ソフォクレスは、世の中には数多くの驚くべき不思議な現象があるが、人間ほど不思議なものはないと悲劇『アンティゴネー』のなかで、コロス（コーラス）に語らせている。人間のもつ不思議な特性のひとつは、自ら制度をつくる強い情熱だ、とも。あの時代の作家は、社会や公的な物事に対する関心がとても高かったんだね。

もし公的な情熱をもたないのなら、私たちがどれほどいい本を書き、みごとな場面をつくり出し、素晴らしい哲学体系を築いたとしても、これら全てのものは何の意味ももたないのではないか。少なくとも私はそう思うね」

「ふぅ～ん。それにしても人間てたいへんなんだね」

「やっぱりあなたは古代アテナイ人的だ」と、しばらく作家とアルキビアデス猫の対話をおし黙って聞いていたイソップ猫が口をひらいた。

「神は、われわれ動物には身を守るための毛皮を与えたが、人間には与えなかった。人間には共同体をつくる力、たとえば言葉や技術を与えたとプロタゴラスは言うんだね。つまり、人間は社会や公的な物事と切り離せない存在ってことだ。本当は。

だがきっと現代では、人びとの個々の暮らしがあまりにも忙しくなりすぎた。昔のようにたっぷりとした時間をもてなくなったものだから社会的な自覚が薄くなってきているんじゃないのかい」とのイソップ猫の鋭い問いに、作家は「主権者の市民は、納税しているからといって国から何かプレゼントがもらえることばかり考えている。まるでサンタクロースを待つように。私もそこにいる人生の同行者の母親からサンタクロースと呼ばれていたが、その意味合いはまるで違う。

それに民主主義というと、たいていの市民は何年かに一度だけ行なわれる選挙の投票のことだと思っているし、しかも投票の多数決だけで選ばれた政治家は、それで自由と民主主義が達成されたと自慢する。ところが多くの政治家はだね、一回当選すると次回も再選されることがいちばんの関心事になってほかの物事は二の次になるものらしい」

「古代アテナイでは、選挙で選ばれた者がまともでなくなれば市民によっていつだって召喚可能なシステムをもっていたというよ。人間てやつは誰だって間違いを犯すことがあるからね」と、イソップ猫は、作家の言葉を肯《がえ》んじつつも挑みかかるように言った。

それに対して作家は、

「現代世界では、どこも召喚可能な制度がないよ。だから、デモをするんだ。

権力は必ず腐敗するものだよ。市民は、自分たちが選んだ代表が代表の名に価しなくなった時、罷免することができる権利をもっているんだ。民主主義の国では、社会は市民によって成り立っている。ただ政府の言いなりになって従うばかりが市民でなく、市民は国の主権者であるから、市民によって選ばれた政府に従わせる権利をもつのだよ」

「どうやってかね?」とイソップ猫は言った。

「デモス・クラトスでだよ。花屋さんも、八百屋さんも、会社員も、学生も、先生も、国会議員も、また未来の市民である子どもさえもデモに参加している時はみんな市民なのだ。そんな時、お互い名刺交換などしないものさ。隣にいる人がどこの誰かも知らないまま、一人ひとりが志を同じくして一つの目的に向かい、心を一つに熱くつながる。

その数が一人ずつ増え、何万、何十万、いや、何百万とふくれ上がった時、社会を動かすことができるんだよ。最高権力者さえ引きずり下ろすことだって可能なんだ。市民とはそんな力をもっているんだ」

「あのね、「ろうそくデモ」って知っている？　遠いアジアの国コーリアでは、デモといえば「ろうそくデモ」を言うそうだよ。そのうち近い将来、無数のろうそくの灯で社会を変えるかも！　何となく予感がするんだ」アルキビアデス猫はちょっと得意げにそう言った。猫には時空を超えて物事を見通す魔力がある、と言いたいのかもしれない。

「古代ギリシャのイソップさんは、奴隷の身であっても自分自身の知恵と想像力を働かせ、どんな苦境をもヌケ目なく乗り切った。いばらの道を切りひらくのはほかでもない、自分だということをよく知っておったね」と、イソップ猫は見てきたようなことを言う。いや、じっと宇宙の声を聞いている猫のことだ。本当に「見てきた」のかもしれないと私は思った。

「そうさ。古代アテナイにおいて奴隷とは、苦役を担う者であるというより、自由、対等に他者に向かって言論を行使できない者を意味したのだから」

「へぇー。今とずいぶん違うー」と、アルキビアデス猫は目を丸くした。

「それだけ主権は人びとにあったということだ。これがデモクラティアだよ。民主主義は選挙だけじゃない。デモをして、異議を申し立て、熟議をすること、その上で一人ひとりの異質な価値を互いに認め合う者どうしがともに社会で生きることなんだ。

つまり人間の平等を徹底するための手だてをつくること、制度をつくることだよ。となれば、自分は国や社会を統治する〈えらい人〉なんかではないという自覚をもつことが大事なんだ」

「〈えらい人〉は、人間を不幸にする」と低音のよく響く声でイソップ猫は言った。

「そのとおり。人類の大多数は〈えらい人〉なんかではないんだ。人類の大多数の幸福を目ざすのが民主主義だとすれば、〈えらい人〉よりも〈普通の人間〉のほうが大事だろ？　究極のところ、古今東西、人間みなチョボチョボなんだからね」

「あぁ、やっぱりあなたと話せてよかった！　〈えらい人は人間を不幸にする〉という命題は、わしと同じ名前をもつイソップさんがちゃんと言っておったよ。彼の寓話「王様をほしがる蛙の話」だ」

「どんな話なの？」とアルキビアデス猫。

「蛙どもが神様に支配者を授けてほしいと願って、丸太が池に投げ込まれる話さ。何もしない丸太をしだいに軽んじて、蛙どもはもっと有能な支配者を神様に望む。

つぎに投げ込まれたのは水へビで、蛙どもは新しい支配者にみんなのみ込まれてしまうのさ」

「それってサイテー」とアルキビアデス猫がつぶやくのを受けて、作家は言った。

「〈……よい支配者、国家は何もしない〉という教訓、それを裏返せば〈えらい人は何かをして普通の人間を不幸にする〉ってことだね。えらい人とは〈大きな人間〉、普通の人びととは〈小さな人間〉だ。

それに民主主義の誕生が、際限なく質問や疑問を呈することから始まる哲学が誕生するのと同時期だったのが私にとってたいへん興味ぶかいのだ。あらゆるものに権威を認めず、自己の根本的な検討と批判によって真に批判する精神こそがギリシャの創造力だからね。

民主主義は、社会的にも個人的にも自らがルールをもうけるという自律性を土台にした政体なんだよ。自律性のない他人まかせの政体——典型は今のジパングだ、情けないが——では、質問や疑問をもつ余裕はない。皇帝の君臨するあのローマ時代のようにね」

「なるほど。戦後、新しい時代を切りひらく思想を探しもとめてきたあなたにとって、人類として若かった古代ギリシャは限りなく魅力に満ちていたんだね。それでギリシャに関心をもったわけだ」と言ってイソップ猫は皺《しわ》だらけの目もとをくしゃくしゃに細めた。

「そうだよ。正確には古代ギリシャというより古代アテナイだがね」

朋友と話をしたかのように、イソップ猫は満足げだった。現われた時は世をはかなんだガマガエルのような醜い面持ちだったが、今は晴れ晴れとした精悍な顔になっていた。

それにくらべ作家の表情が、いまひとつ冴えないのが私には気になった。

「ねぇ。せっかく今おもしろい話ができたというのに、どうしてそんなに浮かない顔をしているの?」と、アルキビアデス猫ですら作家の顔をのぞき込むようにして言った。

「……いや、考えていたんだ」

「何を?」

「デモクラティアのことを——」

第8章

デモス・クラトスよ！

Power to the people!

「――デモクラティアは、おそらく人類が生きつづける限り、これからも永遠の課題として残るものでね。私がまだ子どもだった頃に学び始めてもう何年になるだろう。今年で七十五歳だから六十二年ものあいだ、ずーっと考えつづけていたことになる」

そう語る作家は、深い思索にふけったり原稿を書きあぐねたりする時に、しばしばして見せる爪をかむしぐさを二、三回くり返すと、ぽつりぽつり、かみしめるように話しだした。

「学生時代に初めてプラトンの『ソクラテスの弁明』を読んだ時、たいへんなショックを覚えてね。知ってるかい？　ソクラテスを裁いた民衆法廷を傍聴したプラトンが、先生であるソクラテスの三時間におよぶ自己弁護を彼流にまとめた『ソクラテスの弁明』ってやつ」

「当時は法廷記録が何十篇も残っていたが、現存しているのはプラトンとクセノフォンが書いた二つだけらしい」とイソップ猫が持ち前の博学ぶりを披露した。

「そのなかに、とても気になる文句があって、それから十年を費やして小説にした。そもそも大学で古代ギリシャ文学を専攻したのは、その小説を書きたい気持があったからなんだ。アメリカ留学の帰りにギリシャを訪れ、ソクラテスが入っていたとされる牢獄跡から一日中アクロポリスを眺めて過ごすようなこともしたくらいだ」

「へぇー、あきれた！　十年もかけて書くの。猫族の寿命とあまり変わらないじゃないか」と、アルキビアデス猫は肩をすくめて見せた。

「『大地と星輝く天の子』という小説なんだがね。ギリシャで大地は女、天は男を意味するから、つまり人間だ。ソクラテスを裁いた人間たちを描いた小説だよ。

書きだしてからトゥキディデスとプラトンとアリストファネスの三つをもう一度読み返した。この意味が解るかい？」

「歴史と、政治の原理と、人間の原理、つまり人間の生活ってことかね」とイソップ猫。

「ご名答。奇妙に聞こえるかもしれないが、私の小説にはこの三つの要素が揃わないと、どうも気持がおさまらない。

ところが、こいつが実にやっかい極まりないんだ。紀元前五世紀の人間が何を食ってどんな生活をしてたかなんて解らないことだらけだ。

いちばん困ったのは、ソクラテスを裁いた裁判所に屋根があったかどうか、だった。文献を手あたりしだいあさっても何ら記述はない。それを西洋古典学の大家の先生に尋ねに行ったら、たまげた顔をされた。そんなことを訊く人はかつてなかったのだろうね。率直に、自分も知らないとシャッポを脱いでおられたよ」

「それより、あなたがショックを覚え、心に引っかかったこととは何かね？」イソップ猫は、創作の裏話よりも自分の聞きたいのはそっちだと言わんばかりに作家を急かした。

「プラトンによる『ソクラテスの弁明』の最後あたりに、ソクラテスは彼に死刑の投票をしたアテナイの陪審員たちに向かってこう言ったとある。

《……私に死を課した諸君、諸君に私は言いたい。私の死後、ゼウスに誓って、私が科された死刑よりもはるかに重い罰が諸君の上に落ちかかってくるであろう。諸君が今このような行動に出たのは生活の吟味を受けることから解放されたいと考えた上のことにちがいない。しかし実際には、私はあえて言うが、まったく反対の結果が諸君に起こってくるだろう……》とね。

ソクラテスは、陪審員たちをしかたのない連中だと見放したのだ。彼らに対して挑戦的な言葉を吐くばかりか、自分は国家の栄誉に浴して当然の人間であるとまで主張するんだ。

そもそも、この裁判にはいろんなことが絡み合っているんだが、まず前史を知る必要がある。石工《いしく》と産婆の子として生まれたソクラテスが少年だった頃、アテナイは歴史上、初の自由主義政治家であるペリクレスの登場によって黄金期を迎えていた。

貴族だけでなく財産のない大衆も〈自由〉を手にすることを認め、初の〈民衆法廷〉を創始し、国庫を使って芸術を奨励した。そして大衆に仕事と富を得る機会を与えるため、アクロポリスの再建とパルテノン神殿を建てる一大プロジェクトを進めた。

ソクラテスはこのような時期に自身の価値観と信念を育てたのだけれど、大部分のアテナイ人のそれとは違ったものだった。

彼は、アテナイ民主主義の根幹である全ての市民が〈民会〉で発言する権利を軽蔑していた。よい社会をつくるために必要な基礎的な〈徳〉を市民がもっているという事実を否定し、〈徳〉とは、普通の人間がおよそ到達できない〈病〉であると考えていた。

当時、アゴラの道端で開陳するソクラテスの見解は、しばしば聞く人の憎悪を買うことすらあったという」

それを聞いていたイソップ猫は体を乗り出すようにして、

「そういえば、ソクラテスの弟子たちには、独裁者や強権的な政治家になったのが多いね。プラトンの『国家論』の世界もそうだ。だいいち、ソクラテスがいちばんかわいがった愛弟子アルキビアデスなんか、スパルタとの戦争でいいかげんなことをして、ついにはアテナイを滅ぼした張本人でもあるのだから。

いや何も、同じ名前をもつ君を責めているんじゃないよ」と、アルキビアデス猫の顔をのぞき込みながら付け加えた。

「いやいや、アルキビアデスばかりじゃない。やはりソクラテスの教え子のクリティアスは、アテナイがスパルタによって滅ぼされた後にできた〈三十人政権〉という僭主政治の親玉で、史上初の〈ロベスピエール〉と言われているほどだ。

アテナイ人は、この恐怖政治を体験したおかげでソクラテスを新たな視点で見るようになった。もはや無害な〈路上の変な老哲学者〉ではなく、彼の教えは人間の精神を堕落させる危険な力をもち、暴君や、普通の人びとの敵を養成する論理と映ったんだ。

クリティアスらの暴力政治の下で弾圧されたり海外へ亡命していた人びとが抵抗運動を起こしてふたたび民主政治が取りもどされた時、ソクラテスは訴えられた」作家は、まるで愛弟子にでも語りかけるようにつぎからつぎへと話を進めた。そして、

「これが、ソクラテスの裁判だ。

しかしね、人間社会は本当にやっかいなもので、ソクラテスを告訴した三人のうちの主要人物アニュトスは、民主化運動の闘士ではあるが最初に陪審員を買収した人間だし、ソクラテスには個人的な恨みもあったりしてややこしい。

ソクラテス流の賢人政治とは、たとえば笛の音が必要な時には笛吹きを雇うように、どんなことにもそれぞれの専門家が必要であるのに、政治は専門家でないそこらの誰彼がやるから間違うのであって、賢い立派な人物に任せるべきだということなんだが、これでは民主主義の破壊になってしまう。つまり〈小さな人間〉の力を信じないで〈大きな人間〉の力に任せようとするソクラテスの思想は、独裁政権への道をひらくことになったんだ。

告訴の理由はほかにもあって、国が定める神を敬信しない罪もその一つだ。まあ私に言わせればギリシャの主神ゼウスなんて、あきれた性生活の乱暴者だがね。また〈お稚児《ちご》さん〉の愛好家だったソクラテスの言説は若い青年貴族たちに絶大な人気があって、実際、反民主的な言動の目立つ若者を〈ソクラテス化した青年〉と呼んだほどだ。それで若者をかどわかした罪というのまであった。

しかし、どう考えてもソクラテスが訴訟に巻き込まれた原因は彼の政治的な見解であって、宗教的な言いがかりや若者のかどわかしは付け足しにすぎなかったと思う。

ギリシャの裁判は徹底した陪審制だ。告訴するのも市民、裁くのも市民で、くじ引きで選ばれた五百一人の市民が陪審員を受けもつ」

「どうしてきっちり五百人じゃなく五百一人なの？　何か意味があるの？」とアルキビアデス猫が作家の話に割って入った。

「半端な数を置くことで、一人ひとりの市民の判断がいかに大事であるかを認識するための工夫なんだ。

裁判は二回に分かれていて、一回目は告訴された者の弁明を聞いて有罪か無罪か投票する。有罪となったら、二回目の投票前に、どういう刑罰が適当であるかを有罪を宣告された者と告訴した者が弁論し合う。

一回目で有名なソクラテスの演説の後に判決を下した時、有罪と無罪の差は六十票ほどだった。全部で五百一票だから、あと三十人あまりが無罪に投票していれば彼は無罪になっていた。ところが第二回目では圧倒的多数がソクラテスに死刑を宣告した。

二回目の弁論でソクラテスは、自分はどのような刑罰も受けるいわれはない、むしろ国家より栄誉を受けるに価するほどだと言ったものだから多くの陪審員が怒りだしたんだ」

「それに加えて彼は、それがかなわないのなら多少の罰金を払ってやろうかとまで言っただろう。まったく理解に苦しむぜ」とイソップ猫が口をはさんだ。

「告訴した側は、ソクラテスは国外追放を言いだすだろうと思っていたらしい。もし彼がそう言っていればおそらく死刑にはならずに済んだはずだ。

しかし、さきほど無罪に投票した裁判員のなかに怒りを覚えて意見を変えた人たちがいた。八十人ほどが心変わりして、圧倒的多数の票決で死刑になった」

「ムムッ、むずかしい、ビミョー」と言って、アルキビアデス猫は考え込むふうだった。

「そうなんだ。ここが問題点なんだ。まず、ソクラテスは正しいのかどうかだ。ソクラテスの言説は一から十まで正しいと思っている人は今の世の中に多いだろうが、それは正しくないんだ。彼の言い分をすべて通していると、最後には民主主義を否定することになる。民主化運動の闘士アニュトスだってほめられたもんじゃない。

そこでだ、だから民主主義はやっかいではあるけれど、だからおもしろいんだ。

よく考えてごらん。無罪に投票しながら心変わりした陪審員が八十人いたことについて」

「投票するにあたって深く考えもせずその時の気分であっちになびいたりこっちになびいたりしながら一票を投じている……。感情にまかせて軽挙妄動《けいきょもうどう》し、あっというまに意見を変えてしまっていいのかどうか？　そこがデモクラシーを考える上での一つの大事な問題点なんだね」とイソップ猫は作家の言葉に即応した。

「私はね、学生時代にこれを読んだ時、もしや自分はこの八十人と同じではないのかと疑ったんだ。民主主義が何であるかを深く考えもしないで日々を過ごしているのではないかと」

「へぇー。あなたでもそう思うの？」とアルキビアデス猫は一瞬、絶句し、イソップ猫はニタッと笑みを浮かべた。

「誰に何と言われようと、私はいつも自分を〈小さな人間〉だと考えているんだよ。

私の理解するところ、アリストテレスがえらいのは、デモクラシーとはもたざる者のための政治だと言っている点だ。

さっき言ったように、世界にはもたざる〈小さな人間〉のほうが、もてる〈大きな人間〉より圧倒的に多いことを考える必要がある。

たとえば美術館や画集で、王朝貴族の行列を描いた昔の絵画を見るような機会があるたび、私はいつも想像するんだ。もし私がこの絵のなかにいるのだとすれば、王様や貴族ではなく、きっと彼らの牛車を引く人夫だろうと」

それを聞いたアルキビアデス猫が何か言いかけるや、

「〈ピサーチェリ・ナロード〉《民衆の作家》だ」とイソップ猫がいきなりロシア文学の教養をひけらかすようにつぶやいた。

「長年いろんなことをしながら考えてきた結論があって、それはこうだ。

〈大きな人間〉が、その大きな力を使って政治や経済、文化の中心をつくる。では〈小さな人間〉は何をするか。〈大きな人間〉が、個人の問題にしても、制度の問題にしても、必ずしもいいものをつくり出すとは限らない。めちゃくちゃをすることが必ずある。その時〈小さな人間〉が自分たちの小さな力を信じて反対し、抗議し、やり直させる、あるいは変更、変革させる。それが〈小さな人間〉のやることだ。

それこそがデモクラシーだと私は思う。デモス・クラトスが〈大きな人間〉の過ちを是正する。その最たるものが戦争に反対することだ」

「〈大きな人間〉がいくら戦争を起こそうにも〈小さな人間〉が一緒に動かない限り戦争はできないのだからね」とイソップ猫は哲学者みたいなことを言って、こうつづけた。

「古今東西、人間は戦争ばかりしてきただろ。もし反戦という動きがなかったならば、人類はとっくの昔に滅んでいたはずだ。

そう考えると、〈正義のための戦争〉〈平和のための戦争〉なんてまったくおかしいよ。〈小さな人間〉にもっとも素晴らしい存在価値があるとすれば、それは戦争に反対する力を発揮することじゃないかね。そう思わないか、アルキビアデス君」

急に問いかけられたアルキビアデス猫は、少しあわてた表情でイソップ猫を見てから、

「困ったなー。また勇気がいる話だ。僕と同じ名をもつ大昔のアルキビアデスみたいな大それた勇気はないけれど、アリのように小さな存在でも助け合って力を結集すれば重い岩とて動かさん、だものね」と、何だかアルキビアデス猫らしからぬことを言った。

「おいおい、それはわしが言うべきセリフだよ。なにしろソクラテスは牢獄で死刑を待つあいだイソップさんの寓話を読んでいたのだというし」

作家は、二匹の猫の会話を悦に入って聞いていたが、しめくくるようにこう語った。

「〈大きな人間〉は、自分たちがつくり上げた勢力、組織、運動、さまざまなもので〈小さな人間〉を巻き込んで粉々にする恐れをもっている。〈小さな人間〉はどうしたって巻き込まれる。だけど

巻き込まれながら巻き返す力をもっているんだよ」

するとアルキビアデス猫は何を思ったのか、やにわにアテネ神殿の円柱に駆け寄り、まるで舞台に上がったダンサーよろしく身体を左右によじらせ、長い四肢をしなやかに伸ばすと、自慢のしっぽを自分の首もとへ優雅に巻き込んだ。それはまるで黒い輝きをもつビロードのチョーカーのように映えた。そして「巻き込まれながら巻き返す」とくり返し唱えながら首もとにかけたしっぽをはずしたり巻き戻したりしている。

イソップ猫のほうは、地面に目を落として「ここにいるアリたちにも今の話が聞こえたかな。どれどれ、鼠どもに鈴をつけられないうちに退散するか」とひとりつぶやいた。

太陽が傾き始めた。そろそろ、アソスの景色も見おさめの時がやってきた。

私たちはホテルへ戻ってしばし休もうと、アテネ神殿を背に坂道を下っていった。私たちが来る時に見かけたはずの村びとの手づくりの品々は、もうこの時、粗末な台もろともすっかり片づけられ跡形もなくなっていた。明日はいよいよトラブゾン行きだ。

第9章 トラブゾンの猫

A stray cat in Trabzon

ギリシャに別れを告げるのは、西洋に別れを告げることだと作家は言っていた。いったいギリシャ世界は何処から始まり何処で終わるのか？

イスタンブールもトロイもアソスも、かつては東のギリシャ世界だった。エーゲ海や地中海沿岸に築いたギリシャの植民都市は、もとはと言えば非西洋地域であったのだ。実に中東と呼ぶにふさわしい、西洋と東洋の中間に位置するところでもあった。

これから向かうトラブゾンも、古代ギリシャがつくった一大植民都市だった。

ところで、今回の旅の目的は何だったのだろうか？

作家が幼少期に体験した野蛮さと陰湿さに満ちた戦争、さらに戦後の価値観がひっくり返った時に見た大人たちの無節操な変貌ぶりは、思春期の作家を否応なしに懐疑的にした。それは、憧れていた西洋文明に対しても、明るい側面だけでなく、その陰にかくされた欺瞞《ぎまん》をも見抜く

「眼」を養った。この「眼」を作家は生涯もちつづけた。

作家にとって文明とは、誰にも殺されず、誰をも殺さず、互いを認め合い、対等、平等に生きることのできる自由な状態という意味でもあっただろう。

また文化は、それぞれの土地と風土に生きる人びとの営みに始まる。親から子、子から孫へと受け継がれる言葉や食習慣、暮らし方などなど、無数の記憶が何万年ものあいだ、とどまることを知らぬ河の流れのごとく世代から世代へと伝えられた。

小さな共同体から始まった人間の文化的な営みは、生命の起源の秘密よろしくマングローブの根のように共同体から共同体へと拡がっていった。それは、異文化との遭遇を意味する。こうして、異文化どうしのコミュニケーションが始まった。

異質の文化と文化をつなぐもの、それこそが文明というものだろう。作家はかねてから「デモクラシーとは、異質の価値の共生である」と言いつづけてきた。デモクラシーは作家の文明観に欠かせない大切な要素であった。

西洋文明の源泉をふたたび見つめ直した今回の旅は、作家にとって満足のいくものだったのではないか。疲労困憊《ひろうこんぱい》と体調不良をともなう旅であったとは言え、作家の精神は旅のあいだずっと、静かな高揚感と愉悦につつまれていたように私には映ったからだ。

私はと言えばどうだろう？　正直なところ、少々複雑であったとしか答えようがない。なぜならば、この旅から帰った三カ月後、作家は命つきてこの世を後にするのだから……。

私たちは、それぞれ旅の目的をもっていた。

一方の作家が「西洋文明の源泉」なら、もう一方の私は「東洋文明の西の流域」にふれてみたかった。二人合わせるとまるで「ユーラシア大陸遊覧」ではないかと意気込んでいたものの、作家の旅の歩調は以前と違ってゆるいものになっていた。途中、あまりにもしんどそうな彼を見かねて、ここらで引き返そうと何度か促してみたが、作家の意志は揺らぐことを知らなかった。

そして旅の最後の目的地であるトラブゾンまで、イスタンブールから飛行機で一時間四十分かけて一足飛びに向かうことになった。

空港のトラブゾン行きの待合室は一見して、これから行こうとしている先が中東であるよりも、中央アジアの入り口に近いことを私に気づかせてくれた。

私たちのちょうど斜め向かいにすわっていた十歳ほどの女の子を見つけた私は、一瞬、われを忘れその顔に釘づけになった。彼女の顔立ちは、卵形というよりはナツメヤシ形といったほうが正確かもしれない。そして涼しげな切れ長の目は、新月眉と絶妙にとけ合っている。

これこそが西洋でも東洋でもない顔なのだろうと感嘆した。ボッティチェルリ描くところのヴィーナスよりも繊細、唐三彩に見る美人像よりも優しく雅な面持ちは何という不思議な魅力を放つものかと、作家にひとしきりしゃべった私は、すかさず「彼女を撮って」と、カメラを首から下げている作家に頼んだほどである。

女の子の横には父親らしき若い男と、おそらく祖母であろう年配の婦人がいて、トラブゾン行きの飛行機を待っていた。

あれは一九八三年頃だったか、やはり作家と二人でシルクロードの街カシュガルを歩いていた時に出会ったウイグル族の少女の顔や、中央アジアのカザフスタンで見かけた切れ長の目に吸い込まれそうな澄んだ瞳をもつ女性の面影が、空港にいた少女と二重写しに思い出された。

中央アジアのウイグル族の祖先は、紀元前にユーラシア草原に最初に出現した遊牧国家スキタイに始まり、その後の突厥《とっけつ》といったトルコ系の民族につながるのだが、人種的に、彼らはインド・アーリア系に属するのだと知人のウイグル人は言っていた。八、九世紀頃、この地のオアシスに定着し、イスラム教を受け入れた彼らであったが、まぎれもなくアーリア系の血を受け継いでいる。

古来よりトラブゾンは「東」と「西」の交差点であったのだから、私が見ている「西でも東でもない顔」は、ごく当たり前のことなのだろう。

そしてつくづく思った。生命の多様性が計り知れない豊かさと可能性を育むように、人種の多様性の共存は、私たちが理解している以上の知恵と創造を生み出すものではないのかと。

歴史の父ヘロドトスは、紀元前、トルコの中央部、小アジアに位置するギリシャ人の国で生まれたという。西方からのイタリア人、ギリシャ人、トルコ人、それに東方のペルシャ人が入り混じって住んでいた地域だった。

古代ギリシャにおいては、今でいう「国家」の概念はなかったとされている。それよりも「何々人の住むところ」、たとえばアテナイ人やスパルタ人、マケドニア人などがそれぞれ「住むところ」を指して「ポリス」と呼んだ。アリストテレスのいう「ポリス」とは、単なる「都市を中心とした国家」ではなく、それぞれの市民によって形成されている「市民国家」を指していた。ヘロドトスにはギリシャ中心主義がない、と作家が感心していたのもうなずける。

私は、サムシング・スペシャルな「西でも東でもない顔」を、文化の多様性の賜物であると確信しながら、これから向かうトラブゾンへの想像をふくらませていた。

紀元前七千年頃、トラブゾンにはすでに人が住んでいた。何々人とも何々族とも言いがたい人びとが、背後にある山と前方の黒海の恵みを受けて生きていた。

トラブゾンは黒海の東端近くに位置する港都で、イスタンブールからは約千百キロ離れている。イランやアルメニア、アゼルバイジャン、グルジアのほうがずっと近いのだ。

真っすぐに南下すればシリアだ。そこには、紀元三世紀頃にユーフラテス川からパレスチナ、エジプトへとつなぐ「海のシルクロード」の要衝地として栄えた、あのパルミラ王国があった。クレオパトラよりも人間的に数段すぐれていたといわれるパルミラ国の女王ゼノビアは、作家が興味をもっていた人物だ。

紀元三世紀頃のローマ時代、支配者、貴族たちは自らの教養や存在価値を高めるため、こぞってギリシャ人哲学者を宮廷付き教師にしたり、自宅に招き入れ講義をさせたという。女王ゼノビアは、カシウス・ロンギノスという哲学者を雇ったそうだが、作家が卒論で書いた、あの『崇高について』の著者ロンギノスではない。

『崇高について』の著者ロンギノスは、「古代ギリシャ最後の批評家にして、（ある意味では）より広い世界の最初の批評家」である。彼によれば、文学とは癒されるだけでなく人間の精神をより高次に高めるものだというが、これは作家の生涯にわたる文学的指標だった。

ロンギノスがこのユニークな本を書いた紀元一世紀頃のローマ時代は、ギリシャ文学は衰退してすでに久しかった。作者は自分の筆名を引用符付きでしか記さなかった。言論の自由が制限されたローマ時代に生きたこの哲学者が、ギリシャ文学の真髄を後世に伝えるには、実名を明かすことはできなかったからだろう。

カシウス・ロンギノスと「ロンギノス」はまったく別人ではあるが、二人は長く混同されてきた経緯もあるので、当然、作家は二人のどちらについても知悉していた。

パルミラ王国がローマに滅ぼされると、女王ゼノビアはローマまで連行されて街中を引きまわされる際、黄金の鎖でつなぐよう望んだ。そして、ローマが供する食べものをいっさい拒否して餓死したという。

四十年ほど前、パルミラ遺跡がまだ世界遺産でない頃、学生時代からいつかは訪れてみたかったこの地を旅した作家は、砂漠に残っていたタイルのかけらを現地の友人からもらって帰ってきた。それは今でもわが家の部屋の片隅に掛けられていて、日々、見る者の、つまりは主に私の眼を楽しませてくれている。

この遺跡は今ではイスラム過激派によって無残にも壊されていると聞く。何とも悲しい限りである。

黒海は不思議な色をもつ海だ。

私たちが訪れたのは四月の初め、薄ぐもりの大空の下で見る海はどことなく紫墨《しぼく》色に見えた。その色は、漆黒ではなくどこまでも深く遠い色だった。

黒海の果てしなさは、その色だけではない。

シルクロードの交易が栄えた頃、ここトラブゾンはその交易の西の終着点として多くの物資が集うところだったばかりか、この港を出た交易船がボスポラス海峡を通りぬけ、エーゲ海や地中海へと出る西の玄関口でもあったのだ。地図がなかった時代に人びとはどのような旅をしたのであろうかと、しきりに思う。

トラブゾン滞在は、たった一日限りのものであったが、それはいつもの旅のスタイルから始まった。

まずは市場歩きだ。それもいちばん古い通りと伝えられる路地からである。

そこはおそらくシルクロード西端の地であった頃から、さまざまに姿かたちを変えながら存在していたのだろう。路地は、まるで秘密の魅惑にあふれたオモチャ箱のようだった。

ゆるやかな傾斜をもつこの路《みち》をしばらく歩くと、いきなり大きな交差点にたどり着いた。ほどよく車や人が行きかうのを見て、ようやく迷路から抜け出てきたことを実感する。

その時、背後から声がしたので振り向いた。むくつけき大男が立っていて、「何か困ったことがあれば言ってください。私は外国人を見ると何か手助けをしたくなるのですよ」と流暢な英語で言いだすではないか。私たちは思わず顔を見合わせ笑った。

「トルコ人は親切なところがあることで昔から有名だよ」と、さらりと私に言ってみせる作家の言葉に、私はさもありなんと思いながら、この初めての土地に親しみを感じた。

通りすがりの大男の親切に甘えることなく街の中心部まで歩いている時、おもむろに作家が言った。

「誰かにこの街でいちばん美味しい魚屋はどこか訊いてみよう」

「そうね」と私はひと言答え、歩いてきた若い男に声をかけた。この街の大学生だという彼は、すぐ近くにいいお店があることを教えてくれた。

たどり着いたのは、フィッシュ・レストランとしてよく知られている店らしかった。エーゲ海、地中海でも有名なイワシは黒海でも名品らしく、メニューには、いっとう目立つところに品書きされていた。さっそく好物の白身魚と、イワシ料理も注文した。

何種類もの魚を美しくデザインして焼かれたトルコの白タイルが、店の壁面を飾っている。小さい店ながら、それは本当に「うまい魚屋」だと無言で語っているようで心地よかった。

外国人である私たちに興味をもったらしい店の主人は、「これを食べたら隣の店でトルコのスウィーツを食べるといい」と進言してくれたが、甘いものに目がない作家は、すでに旅行案内書でその店を知っていた。

魚料理を堪能してから隣の店をのぞいてみると、そこにはイスタンブールのお菓子屋で食べた、あの甘いバクラワと似たお菓子が細い木枠のはめられたガラスケースに所狭しと並んでいる。店の中は女性よりも男性客がひしめき合っていたのが印象的だ。

すでに満腹ではあったものの、やはり甘味と好奇心には抗しがたく少し味見することにしたが、その甘さたるや半端ではなかった。何しろトラブゾンは、背後の小高いテーブル状にそびえ立つ山地に豊かな森林をもっている。そこで咲き誇る花々からは美味なる蜂蜜が採れることで有名だ。その蜂蜜を惜しみなく注ぎ込んだ甘さだったのだ。

トラブゾンの名は、紀元前五世紀頃、古代ギリシャが植民地を築く時、そのテーブル状の山地に城塞をつくったことからギリシャ語で「テーブル」の意の「トラペザ」に由来するという。

お菓子屋を出た私たちは、タクシーでアヤ・ソフィアに行くことにした。タクシーの乗り場の前でたむろする運転手たちを上手くかきわけようやく乗ったタクシーは、無事、私たちを目的地へ運んだ。人びとが集う市場が好きだった作家は、同じように人びとが集う寺院や祈りの場にも興味をもっていた。ここはその昔、「神の英知」を意味する「ハギア・ソフィア」と呼ばれたキリスト教の寺院であった。それがのちにモスクに変わり、現在は博物館になっている、この都きっての観光名所である。

十三世紀に建てられたビザンチン様式をもつこの寺院は、天空を衝《つ》くような尖塔はない。丸い球を半分に切ったようなふくよかな形の屋根が、背景の黒海の深い輝きを受けてひときわ美しく精彩を放っていた。建物の正面入り口にはアダムとイヴの物語のレリーフが、内部には床の大理石の模様と最後の晩餐やマリアなど聖書の場面を描いたフレスコ画が色鮮やかに残っていた。イスラム教徒がモスクにするまえに天井や壁に描かれたフレスコ画を漆で塗りかくしたことで、かえって絵をよい状態に保っていたのだ。

ひんやりとした寺院をひと回りするのにさほど時間はかからなかった。外に出た私は、かつては、いくつもの建物があったことを想起させる崩れた石組みの土台をぼんやりと眺めながら、何かを待っていた。

ここにもきっと猫がいるにちがいないという淡い期待だった。それで、わずかにでも動くものがあろうものならすぐに私の五感は反応する。一匹の猫を見つけた時のあの言い得ぬ感慨、それは今でも忘れがたい。

ところが猫は、私が先に見つけたにもかかわらず、ユタユタと作家のほうに近づいていくではないか。

「何というつれなさ!」と腹を立てかけたが、猫は自分をかわいがってくれる人間に寄っていく習性を知っていた私は、すんなりと猫に降参したのだった。

「ほら、また猫よ」と私は言った。

猫が好きなくせに自分の足もとをウロウロしている猫には気づかず、ただただ黒海を見つめていた作家は、私の声に、すぐさま地面に目を落とした。その目が猫の目とかち合った。すると猫が言った。

「僕、あなたを知っている」

「どうしてそんなことが言えるんだい？」

「僕は、ユーラシア大陸の東方にくっついているウサギ形をした半島のコーリアという国にルーツをもつ男が飼っていた猫なんだ。その男はね、名前をノーラン金《キム》という。ノーランとは黄色、キムは金色、つまり黄金だ。彼はコーリア人で、アメリカ人で、スウェーデン人なんだって！　僕の名前はオーレン金だよ。オーレンとはコーリア語の古いという意味だけど、その男は何を思ったのか僕にそう名づけたんだ。

彼は、ちょっと変わった人でね」

「それはどういうことかね？」

「なんでも彼は、一九五三年、朝鮮戦争が終わると孤児としてアメリカへ養子に行って、そのうちベトナム戦争が始まり、十八歳でベトナムへ渡ったらしい。

あの戦争は〈きたない戦争〉と呼ばれているけど、ことにアジア人である金にとってはたいへん嫌な戦争だった。アメリカのいう大義名分よりも人種差別が露骨な殺し合いだった。

ベトナムの戦場で何年かを過ごした兵士には休暇が与えられる制度がアメリカにはあって、彼は日本へ行った。

当時は世界中でベトナム戦争に反対する気運が高く、日本でも反戦平和運動がたいへん盛んだった。そればかりか米軍の中でも脱走する兵士がヨーロッパや日本で後を絶たなかった時代だった。

ノーラン金は、日本の「べ平連」という反戦市民運動に助けをもとめ、一人で脱走したんだって。紆余曲折の末、スウェーデンに渡りスウェーデン人になった。

その後、十年経って生まれたコーリアへ行き、親を捜したらしいが見つからず、日本へ行き、その昔、自分を助けてくれたベ平連の人たちに再会した際、あなたにも会ったと言っていたんだ」

「あぁ、彼なら知っているよ」

「彼は理由《わけ》ありの人生でね。その後、世界中を渡り歩いているらしいんだ。理由ありってところは、少し僕と似ている」

「ほう、理由ありとはね。私は、昔から人の秘密や理由ありなど、あまり興味がないね」

「どうして？　あなたは作家でしょう？　作家は秘密やかくされたものが本当は好きなんじゃないの？」

「どうかな。若い頃は誰だってそういった好奇心をもつものかもしれないけど、オレにはあまり関係ないね。大体、秘密とか、理由ありってのは元来はその人がかくしておきたいものだろ？それを無理に聞き出す趣味はオレにはないぜ。たまたま聞いてしまうってことはあるけど、それもあまり気持のいいものじゃない。オレは作家だから、そいつが話した数倍をも想像してしまうんだ。背景に浮かび上がるいろんな事実をね。だからそんなもの、ほじくり出すもんじゃないよ」

「チェッ、せっかくおもしろい話をしてあげようと思ったのに、気がそがれちゃった」

「いや、君が話したいというなら別だがね」

猫はニヤリとして、小さな舌をチロリと見せた。

「なら話すけど、実はノーラン金は戦争孤児ではなかったらしい。朝鮮戦争は同族どうしが殺し合う戦争だったが、アメリカと旧ソ連を中心とする「東西」陣営の代理戦争でもあった。第二次世界大戦後、もう世界には戦争はないと思っていたところへ起こった戦争で、その渦中に生きた人たちがどれほど悲惨な目に遭ったかをまざまざと示した一例がノーラン金なんだ。

あの骨肉の戦争が休戦した後、フランス人宣教師の営む慈善施設でようやく食べものにありついた彼は、毎日そこに入りびたりになった。家に帰ったところで何か食えるわけではなかったしね。そんななか、施設の孤児たちがアメリカへの養子縁組でつぎつぎと韓国を去っていくのを見ていて、自分も孤児だと偽って養子に行ったんだ。その時、彼は五歳だった」

「なるほど、それはたいへんなことだ」

「彼はいつも言っていた。日本で出会った名前も知らない多くの人たちは本当に素晴らしかったし、日本社会全体が戦争よりも平和をもとめる思いに満ちていて、おおらかだったと。とりわけ同じアジア人である彼にとっては、日本の街や人びとの、あの独特なポアーンとした平和な雰囲気が何ともたまらなかったと。コーリアもベトナムも平和どころじゃなかったからね。

養子に行った先のアメリカでの生活も、平和なものじゃなかった。白人のマッチョが闊歩《かっぽ》する中西部の街だったから、小柄な彼は典型的なアジア人として嘲笑のターゲットになりやすい。まだ黒人の公民権運動もなかった人種差別の時代で、アジアの貧しい国から来たノーラン金は、数知れない偏見や差別に遭ってずいぶん孤独だったらしい。

ベトナムの戦場では孤独だけでなく、救いがたい魂の崩壊も体験したそうだ。それだけに日本での時間は逃避行であったにもかかわらず、美しい思い出として残っていると言っていた」

「それは私も聞いている。で、その後、彼はどうしてるの?」

「どうしたと思う?　それからも彼の孤独な人生はつづくんだ。どこでどう情報を得たのか、中央アジアのカザフスタンとウズベキスタンにコーリアンが多数住んでいることを知り、会いに行くためにスウェーデンを後にした」

「なるほど、それは解るような気がする。つまり〈歴史〉と〈国家〉と〈個人〉の問題だ。近代が幕を開ける時に自分の生きる場所を植民地にされた人びとは、否応なしに、自分の人生に襲いかかってくる歴史の皮肉と国家の無慈悲を味わうことになるのだよ。しかも国家は、政治を媒介して個人の人生に重くのしかかる。中央アジアのコーリアンも、日本が朝鮮半島を植民地にしていなかったら、そんな地の果てのようなところにはいなかったはずの人たちだからね。

で、どうなったの?」

「どうなったって、何が?」

「ノーラン金のことだよ」

「あ、彼ね。カザフスタンとウズベキスタンで、たくさんのコーリアン・コミュニティに出会うんだけど、本国から遠く離れたそれらの地でも、朝鮮半島が二つの国に分かれて対立している構図そっくりそのままだということにうんざりした彼は、つぎにスイスへと向かった」

「ほう」

「スイスには、南北コーリアの代表部が対等に置かれているというから、多少の期待をもって。でも、得るものは何もなかったって。それから何となくここ、トラブゾンにたどり着いたんだ。東と西の交差するところで、南と北が交わる可能性について考えてみたいんだと言ってたっけ」

「ここにいるのか?」

「いや。トラブゾンから黒海の別の沿岸に向かう船に乗って行っちゃったんだ」

「君を置いてかい?」

「そうなんだよ。僕がちょっと波止場を離れて用を足しに行った間に船は出航してしまったんだ。まるで約束の時間に遅れたからと〈十二支〉の仲間に入れてもらえなかった東アジアの猫族みたいに。でも言っとくけど、僕は猫族最古の原産地といわれている、この西アジア出身だよ」

オーレン金の話を興味ぶかげに聞いていた作家は、しかし、その長い指で彼を抱き上げようとせず、背中からしっぽにかけてひとなでしながらこう言った。

「オーレン君。君の話は機知とユーモアに富んでいて、なかなかおもしろい。もっとしゃべっていたいのはやまやまなんだが、もうスメラ修道院へ行かなければならない時間がせまってきた。あそこは黒海沿岸のもっとも険しい高所に建てられたギリシャ正教の修道院だというから、たとえ短時間でも見ておきたいんだ。

少し名残惜しいけど、ここらで君とはお別れしなくてはならない」

作家はきっぱりとそう言ってから、オーレン金の眼を、しばらく黙って見つめた。

「ムー、ミャオー」と、オーレン金は答えにならない声を出し、悲しそうな顔をした。ノーランに置きざりにされた時にも、こんな声を出し、こんな顔をしたのかもしれなかった。

と、その時、さきほどから空一面に張り出していた雲が動きだすと同時に、大粒の雨が落ちてきた。

「おい、オーレン君。そこにいる私の人生の同行者の母親の古里では、別れ際に降る雨は再会を意味するものだというんだ。この雨を見てごらん。きっとまた会えるさ」

作家は人一倍センチメンタルなくせに、それを正直に出さないところがあった。きっと照れかくしのつもりでそう言ったらしいが、それがかえって彼の悲しみを表現しているようで、私には切なかった。けれどもオーレン金との不思議な出会いは、本当に短い時間だったが、濃密な、それこそ「一期一会」というのにふさわしいものであった。

私たちは博物館の出口に待たせておいたタクシーに急いで乗り込み、山の上に建つ修道院へと出発した。


スメラ修道院はトラブゾンの街から南へ約五十キロ離れたところにある。

紀元四世紀頃、二人のギリシャ正教の修道僧によって建てられたというこの修道院は、人里離れた深山渓谷の切り立つ岩肌にへばりつくようにして建っていた。山には鬱蒼とした常緑樹がしげり、谷川の水がいきおいよく流れ落ちている。神秘的であるばかりか不気味とさえ言われるのは、深い渓谷の樹々の上に霞が渦巻く瞬間のさまによるのだろう。

私たちがスメラ修道院をはるか正面に眺望できる場所に着いたのは、午後の太陽がまだ山の上にあった頃だった。オーレン金との別れの時の雨は、すでにやんでいた。

断崖絶壁の横腹に建てられたこの修道院を目にしたとたん、私は以前に訪れたことのある中国山西省の山寺を思い出していた。その時も作家と一緒だった。北魏王朝後期に建てられたその寺院も、岩山の絶壁から落ちまいと必死にへばりつくようにして建っていた。環境が苛酷であるほど、人間の魂はより研ぎ澄まされるものなのか、信仰を深めた人びとは同じようなことを考えるものだと私は感じ入り、作家とともに立ちつくしていた。

スメラ修道院へは深い渓谷を渡らなければ到達できない。作家も私も、ほとほと疲れ果てていたから、修道院まで行くのはあきらめることにした。

と、作家が歩きだしたので、彼が目ざす先を見ると、山水が岩肌を通って注ぎ落ちていた。大きな背中を前かがみにしてチョロチョロと流れ出る清水で手を洗ってから少しだけすくい上げて飲んだ。この水は、ここを訪れる人びとに愛飲されているものらしく、作家が飲んだ後も観光客がつぎつぎとその水で喉を潤してから修道院を目ざして行った。

もしや作家が山水を飲んだあの行為は、本当は行き着きたいのに行けない自分へのイニシエーションだったのではないかと今にして思うのである。

一九九五年、阪神淡路大震災を経験した私は、初めて水のありがたさを実感していた。都市直下型大地震により、全てのライフ・ラインがストップした時に私たちを助けてくれたのは、近所の家の井戸水と、家の前に広がる海水だった。水は、万物生命の源であるばかりか、震災後の荒野にあっては私たちの身も心をも潤してくれた。

深い祈りを心にもつ人は、計り知れないやさしさと強さをあわせもっている。それは、現存のあらゆる宗教や宗派の誕生より、もっと原初にあるものだ。ウイグルの知人から聞いた土地のことわざには「人間は一日一回、死ぬことを憶えたら人をゆるすことができる」とあるそうだが、人は死を意識する時、それまでもつことのなかった静謐《せいひつ》で厳粛な時間を手にする。時をいとおしみ、命をいつくしみ、人をより深く愛することができる。

作家は、地震から数年が経っても倒壊した家屋の下敷きになって死んだ家族や子どもを悼む花束、オモチャ、キャラメルなどが供えられている被災家屋の跡を毎日のように歩き回っていた。それらの死は、少年の頃の戦争による「難死」をふたたび想起させるものだったし、作家にとって「難死」はいかなる形であれ、こだわりつづけた文学的課題の一つでもあった。

これは逆に言えば、いかに生きるかという作家自身への問いでありつづけたにちがいない。作家が、死者を鎮魂する心に十分に寄り添いながら思っていたのは、「人は殺されてはならない」ということだ。

赤ん坊は、能動的にこの世に「出現した」のではない。人と人とのつながりによって「生まれた」のだ。つまり人間は、もともと「される」存在であることを意味している。

しかし、「生まれ」てから成長するとしだいに「する」側へと力が傾いていく。が、やがて力は衰え老いていくとまた、「される」側に戻ってくる。「生老病死」の宿命をもつのが人間であるのだと、作家は口癖のように言っていた。

そんなことを考えながらスメラ修道院を背にして、剝き出しになった小岩がちょうど彫像のように立っているのを見つけた私は、

「その岩の横にちょっと立ってみて！」と作家に言った。

何も言わず、言われるがままに被写体となった作家がカメラの中におさまった。私が最初で最後に撮った写真のうちの一枚がこれである。

作家は、これまでのどの時よりも疲れて見え、その顔色は、まるでろうそくのように白かった。

今の私は、震災で被災した時の作家の年とほぼ同じ年になった。

私は、この年になって難病を患うようになり、残る生涯、病と寄り添って生きることになった。

状況は違うとはいえ、人間の寿命の不思議さとはかなさを実感してしまう今日この頃である。

あのたいへんだった震災直後から、作家が、人間は殺されてはならない、棄民《きみん》にされてはならないと孤軍奮闘し、市民発議による国の制度「被災者生活再建支援法」（一九九八年）を国会で成立させたのは、運動を開始してから三年後のことだった。

今にして思うと、ずいぶん無理をしながら作家業とこの立法運動を両立させていたのだ。ちょうど作家が小説家としても円熟期の真っただ中にあって旺盛に仕事をしていた頃だ。命をけずってまでしてつくろうとした被災者への支援法は、それほど作家にとって大事であったのだろうか？と私は時々思う。

作家の父親は無口な弁護士だった。飛ぶ鳥を落とす華麗な弁護士タイプではなく、大商都の大阪にふさわしい小さな商人の訴訟を扱うことがよくあったという。

商人たちの長年の慣習の一つに、手形を使った商いがあったが、これが時に大きなもめごとへと進展し、彼らを苦しめてきた。

父親は、自分の取り扱った「約束手形金請求事件」で、それまでにあった最高裁の判例を変更させたことがあったというが、作家がその法廷プロセスのたいへんさを知らなかったはずはない。後年、自らの努力が実り「被災者生活再建支援法」が国会で成立した時、作家の心境はいかほどのものであったか。私は今、あらためて作家に訊いてみたい気がする。

古代アテナイの民主主義がもっとも輝かしかった時代、制度とは「人間の平等を徹底するための手立てをつくること」であった。地球上の約七十四億の人口のうち、たった八人にも満たない大金持が、総人口のおよそ半数の総所得と同じほどのお金を稼いでいる今日の不平等を考える時、突き詰めると「貧乏人のための政治が民主主義である」と言っていた作家によるアリストテレス政治学の理解が、含蓄のあるものとして私の心に響く。

「市民の危機は社会の危機」と認識していた作家は、当時、「住専」の破綻に対して公的資金を投入する政府が、震災で家や財産をなくした被災者にはビタ一文も出さないことに憤りを感じていた。戦後、曲がりなりにも平和主義の先進国、民主主義国を標榜し、そのために努力してきた日本人として「これは人間の国か」と愕然としたのであった。

それで、しかたなく運動を始めたのだが、作家がどこまでもこだわったのは、市民の創造力で日本社会を動かすこと、つまり「主権在民」だった。

民主主義政治とは何か？　それは、ひと言でいえば「主権在民」の政治だと作家は大きくその基本を捉えている。基本をささえるのは、どこまでも自由と平等、人権を重んじる市民である。

議会制民主主義制度の下、「主権在民」の民である自分が、市民として政治参加の「代行者」を選ぶのが選挙の投票だ。市民によって選ばれた「代行者」、つまり議員が「代行」の役割を実現するために集まったのが政党である。

しかし現在の政党政治の状況は、どうもこれとは逆の順序でのさばりつづけて久しく、したい放題のありさまである。政党が政策をつくり、それを選挙のたびに市民に提示してみせ、その政党に属する候補者を選ばせるこの順序は、本来の「主権在民」の民主主義からいうと逆であるはずだが、世界で民主主義政治を標榜する多くの国において見られることだ。

民主主義政治のもっとも大事な基盤は、法律をつくり、政策を立てることだが、その主人公はいつも議員であって市民でないのが今のありようである。

作家がこだわった市民発議による「被災者生活再建支援法」をつくる運動は、そんな現代民主主義政治のありようの順序を逆転してみせようとする営為であっただろう。

「市民＝議員立法」運動と銘打ったこの活動は、市民が自らつくり上げた「市民立法案」を議員に提示し、それに賛同した超党派の議員がさらに「議員立法案」として練り上げ、それに内閣法制局が手を入れ、議会に提出して実現させるものだった。こうした運動のプロセスから自然な形でき上がったのが、その法案に賛成する「市民＝議員立法」党だった。

断っておくが、これは何も既存の政党を破壊する分党活動ではない。

たとえばAという問題について、市民と議員が共闘する「A市民＝議員立法」党、そしてBについて解決したい課題では「B市民＝議員立法」党といった具合に、議員が課題ごとに市民と一緒にゆるやかに、自由、対等に活動する。それは「直接民主主義」と「間接民主主義」を車の両輪として動かすことなのだった。そうすることで、少しでも、これまでの順序逆転の政党政治を立て直すのに役立つのではないか、「主権在民」のデモクラシーに近づけることができるのではないかと、作家は考えたのだった。

ソフォクレスは、「不思議なものは数あるうちに、人間以上の不思議はない」(『アンティゴネー』より、呉茂一訳)と述べ、その数ある不思議な性質の一つに、〈アステュノモス オルゲー Astynomos Orge〉を挙げている。哲学者カストリアディスは、アステュノモスとは、ギリシャ語で制度をつくることを、そしてオルゲーとは、オルガスムの語源で強い衝動や情熱を意味する、と述べている。

あきらめることのない熱い情熱が無数の人びとの心を動かし、それが波動となって渦巻く時こそが、デモスがクラトスを感じる瞬間だ。それは〈小さな人間〉の力の種である。〈小さな人間〉がつくり出す渦巻きの力で、〈大きな人間〉の巻き起こす政治を巻き返すことができたら、それは人びとにとってもっとも讃えられるべき民主主義の崇高な経験になるのだ。

終生、奇抜な技法で時の権力者を笑いのめした喜劇作家のアリストファネスを敬愛していた作家は、悲劇よりも喜劇を好み、過去よりも未来を見つめて歩く人だった。しかし悲劇作家であるソフォクレスの『コロノスのオイディプス』を高く評価し愛してもいて、作家の書いた文学論「コロノスのオイディプス」(『崇高について』所収)は、崇高な自由さに満ちみちている。作家の愛する喜劇とは、本当のところ癒しきれぬ深い悲劇を知る者が、もう涙をぬぐって前を向いて歩こうとする悲喜劇だったのではなかっただろうか。

私が作家を撮った、最初で最後の写真のうちの一枚は、長く険しかった道をひとりで切りひらきながら歩いてきた、そんな作家の孤独が滲み出る、静謐と強靱さに満ちた一枚だった。

古く、重層性に富むトラブゾンの地を眼下におさめながら、私たち二人を乗せた飛行機は、イスタンブールを目ざしてまっしぐらに飛んでいく。

いつも飛行機の外を眺められるいい席に私をすわらせてくれていた作家は、この日もそうだった。窓の外の夕闇のなかでキラキラと輝く光を見つけては、あれはもしかして私たちが出会った猫たちのまばたきではないかと想いながら、私は飛行機のシートベルトを軽く締め直した。

第10章 別れのレクイエム

Requiem
for a man of letters

「サントリーニに散骨してほしい」

病室のベッドの上で作家が言った。

不治の病を知った二カ月後のことである。

自分の葬儀のあと遺骨の半分は両親と同じ墓に、そして残りの半分はギリシャのサントリーニ沖へまくことだった。

そんな遺言を残してひと月あまりで作家は永遠の地へと旅立っていった。

あれから十年の歳月が過ぎた二〇一七年の夏、私は、作家の遺言どおり娘夫婦を連れて散骨の旅に出た。

ギリシャで散骨する場合、大使館や公証役場が発行するいくつかの書類を揃え、散骨を取り扱う旅行社を予約しなくてはならなかった。

幸い、そういった煩雑《はんざつ》な手続きは娘が一手に引き受けてくれたので助かったが、それにしてもいざ散骨となると何かと心もとなかった。

それで私は、長年アテネに住む友人のTさんに直接電話をして訊いてみた。

Tさんは、私たちがベルリンに住んでいた頃から家族ぐるみの付き合いをしていた日本人女性で、ギリシャ人と結婚し、アテネ大学で日本語を教えている。

一度、作家は、彼女に頼まれてアテネ大学の哲学科で講演をしたことがあった。

私の突然の電話にもかかわらず、

「あぁ、散骨なら確か、マリア・カラスもやったし、こちらでは時々耳にするわ。息子のEはギリシャ遺跡の公式ガイドをしていて何かと詳しいから散骨が無事に済むまで休みをとってご一緒させるわよ。何しろ小田さんにはお世話になっているから恩返しをしなくっちゃね。私が行けたらいいんだけど、あいにく仕事が重なっちゃって無理なのよ」と気さくに応じてくれた。

そしてTさんの言ったとおり、息子さんのE君が散骨に同行するため、はるばるアテネから船に乗ってひと足先にサントリーニ島へ来ていて、アテネから飛行機で着く私たち家族を迎えてくれた。

アテネを出発する前、今回の私たちの訪問を伝えるかなり大きな記事がギリシャの二つの新聞に載ったことを、Tさんは知らせてくれた。

ひとつは、ギリシャで広く読まれているという『エフィメリーダ トン シンタクトン』(編集者の新聞)で、「ギリシャの友「日本のチョムスキー」」という見出しの下に、生前の作家の活動が詳細に紹介されていた。

もうひとつの新聞『アブギー』(夜明け)は、「サントリーニに散骨してほしいという遺言」の見出しと作家についての解説文が添えられ、有名なペリクレスの「勇者はどこで埋葬されても大地に惜しまれ手厚く弔われる」という言葉が書かれてあった。

後日、記事を読んだある読者が、サントリーニで散骨が行なわれた事実に感激したと新聞社に投稿を寄せていたが、そこにもやはりペリクレスのあの言葉があった。

思えば作家とギリシャの縁は深くて長い。

そもそも文学を本気で志したのは、うんと若い頃に古代ギリシャ文学と出会ったからであった。またフルブライト留学生としてアメリカに学んだ後、すぐに帰国せずヨーロッパ、中東、アジアを巡って帰ったのも、ギリシャを自分の眼で見てみたかったからである。

作家にとって「ギリシャ」とは「西洋文明の根源」でもあった。

好むと好まざるとにかかわらず、明治以来、近代化をなしとげる日本にとって「西洋」はひとつの越えなければならない壁であった。同時に、そこからあまりにも多くの悪を学び取ってしまったという日本人としての深い省察《せいさつ》を呼び起こすものとして「西洋」はあったことを、私はずっと昔に作家から聞いていた。

紀元前の古代アテナイ時代に築かれた数々の輝かしい文明のうち、とりわけデモクラシーは、その後の「西洋」を形成するにあたり大きな役割を果たしている。

それればかりか、今日では私たちの生きるアジア世界にまで広くおよんでいるのだ。

しかし、アテナイの民主主義政体《デモクラティア》の下で始まった「デモクラシーを謳歌する国が戦争をやりつづける」ことには、とうてい納得できなかった作家は、本当の民主主義を実現するなら非武装でなければならないと考え、生涯をとおしてあらゆる戦争に反対し行動しつづけた。

そんな行為のなかでたくさんのギリシャ人の知己、友人を得ていたのは何という人生の幸福であろうかと思うことがある。

古くは一九五九年の『何でも見てやろう』の旅行中に出会った人たちにとどまらない。

六八年には、当時のギリシャ軍事独裁政権とたたかう民主化闘争の活動家や革命家たちとも会っていて、ともにベトナム反戦運動の国際的連帯をつくっていた。

そして八六年、ちょうど私たちがベルリンに住んでいた頃、アテネでひらかれた「アルジェ宣言」(一九七六年にヨーロッパの「独立左翼」の知識人と「第三世界」の同じような立場の知識人が集まってつくった「民族の権利の普遍的宣言」)十周年を記念する国際会議に出た作家は、旧知の仲間や知己と再会していた。

「アルジェ宣言」は、人類が固有の権利として「人権」をもっと認識し定めた国連の「世界人権宣言」と違い、人間の集合体でもっとも大事な「民族」としての「人権」を確立しよう、そのためにたたかう民族解放闘争を支援する、この二つを法的にうち立てようというものだった。

この十周年記念会議がアテネで開催できたのは、ギリシャの軍事独裁政権が長年の民主化闘争の果てに打倒され、パパンドレウーの民主主義政権が成立したことによっている。

作家は、この会議で思いがけない知己と出会っていた。

それはアントニス・トゥリツィス氏である。

かつてはオリンピック選手級のスポーツマン、そしてPASOK（全ギリシャ社会主義運動）の創設者の一人でもあり、のちに教育・宗教大臣やアテネ市長まで務めた都市計画家だ。彼は、一九六〇年前後にフルブライト留学生としてアメリカの大学で学び、世界中を多く旅した人物だが、ちょうど同じような時代に似たような留学体験をした作家とはどこか相通じるものがあったようだった。

当時の作家の日記には、会議でトゥリツィス氏と興味ぶかい議論をかわした様子が記されていて、二人はさぞや頼もしい関係であったことがうかがえるのである。

作家は、ローマに本拠を置く「恒久民族民衆法廷」の審判員であったが、トゥリツィス氏もそのメンバーの一人であったことを私は後になって知った。

そして今回の散骨の旅で解ったことは、あの当時の会議に参加したトゥリツィス氏や他のPASOK創設者たちを含め、作家の知己、友人たちのほとんどが他界してしまっていたということだった。

私は、歳月のもつ非情さを恨めしく思いつつそれらを甘受しながら散骨におもむこうと思った。

散骨の当日、サントリーニ市は、市庁舎で私たちを歓迎したいと言ってくれたが、散骨は家族だけでやってほしいと頼んでいた作家の遺言を思い出し、私は、そのありがたい申し出を丁重に断った。

しかし散骨の日の朝、副市長と秘書が大きな花束とプレゼントの箱をもって私たちの泊まっているホテルのロビーに現れたのだった。

何という真摯で飾りっ気のない姿だろうと、私は二人の誠意にほとんど打ちのめされてしまった。

散骨のクルーズ船が出発する前のほんの短い時間だったが、副市長は、私と娘に花束と記念品を賜与《しよ》してくれ、秘書は記念写真を撮った。

頂いた花束は、この島で太古から自生するという百合やクロッカスなどがみっしりつまったサントリーニ特有のブーケだった。抱きかかえるとずっしりとした重みが両腕に伝わった。

私のサントリーニ訪問は、一九九九年、家族三人の長期ギリシャ旅行以来、二度目だ。十八年ぶりに見る島は、その日も蒼い海の上に三日月形の弧を描いて浮かんでいた。

この島は、キクラデス諸島の最南端にあって、そのすぐ南はクレタ島である。

飛行機の窓からかいま見ると南エーゲ海の大小あわせて約二百二十の島からなるキクラデス諸島は、小アジア（今のトルコや中近東の一部）と南ギリシャ、アジアとヨーロッパを互いにつなぐ「海上の飛び石」であったことがよく理解できる。

このキクラデス文明が、クレタやギリシャ文明よりもはるか昔から栄えていたことはよく知られているが、作家は、ずいぶん若い頃からこの南エーゲ海の島々が築き上げた文明に高い関心を寄せていた。

紀元前二五〇〇年までにこの諸島の人びとは、エーゲ海および東地中海一帯における金属の取り引きを一手に行なうほど航海術や海上交易にたけていたという。

彼らの船は、帆柱もなく二十四から二十八本の櫂で漕ぐ高速船だったというから驚くばかりだ。

そしてこのキクラデス文明のシンボル的存在は、何といってもあの真白い大理石でできた女性小像や土器の類であろう。

とりわけ美しい竪琴形の頭部をもつシンプルな立像には、のちのギリシャ文化の原点である優美さや単純美、明快さと調和が見てとれるのである。

これらの小像は、そもそも死者の墓への副葬品として用いられたものらしいが、この文化は、しだいにエーゲ海東西の沿岸部やクレタ島の人びとのなかに深く浸透していった。

そしてさらにその四千五百年後、あのピカソをはじめとする二十世紀前衛芸術家たちの創作的源泉にもなっていた。

クレタ島にもっとも近いサントリーニ島は、海底火山の大爆発で埋没する直前までエーゲ海文明の重要な中心地であったばかりか東地中海域における主要な国際商業都市でもあったのだ。今ではその一端をアクロティリ遺跡で知ることができる。

十八年前に初めてこの遺跡を見た時、かたわらで作家が私にささやいた言葉を今さらのように思い出す。

「ここには、ギリシャのミケーネやクレタといった文明期の遺跡によく見られる戦士や武器の類の遺物がいっさい出てこない。きっと王様がいない文明だったのだろう」

人間の自由と個人の責任のバランスをこよなく愛した作家は、このような特徴をもつこの島の文化がよほど気に入ったらしく、いつの頃からか、ギリシャを訪れる際には必ずサントリーニまで足を延ばすようになっていた。

あとひとつ、あの時の旅で忘れられない記憶がある。

今から十八年前のサントリーニ島は、今日ほどの賑わいはなく観光客もまばらで地元のギリシャ人の日常が透けて見えるほどだった。

夕暮れ時の陽が沈む頃、この島の名物である落照を見ようと家族三人で散歩に出かけた。誰もいないベンチに陣取りただひたすらエーゲ海の水平線に陽が落ちるのを待っていた。

するとどこからともなく地元の老若男女が、まるで仕事をほっぽり出してかけつけてきたような普段着の恰好をしてざわざわと靴音を立てながらこちらへ近づいてくるのである。

何事が起きるのかと固唾《かたず》を呑んで待っていると、皆、ただただ夕陽の落ちる様子を静かに眺めるためにだけやってきたのだった。

その時間たるやわずか三十分かそこらだった。

それを見ていた作家は、

「まったくギリシャ人だね」とうれしそうに笑った。

「どうして？」と訊き返す私の言葉より先にこう言っていた。

「ギリシャ人にとって夕陽はとても大切なんだよ。

私は、この夕陽を見るといつも『イーリアス』のなかの一説――葡萄酒色をした海原の上を、物見の丘に坐った人が肉眼でもって、はるかに霞んで見える遠くを、見はるかせるかぎり――（呉茂一訳）を思い浮かべるんだ。葡萄酒色の海という表現に魅せられてね」

私は、作家のこの言葉に一瞬胸がつまってしまった。

学生時代、作家は『イーリアス』の訳者である呉茂一氏に学んでいた。そして、ことのほかかわいがられたと聞いているが、古代にあのホメーロスが朗唱した、葡萄酒色の海や物見の丘に坐る人が遠くを眺める世界が今、私の眼の前のついそこにあったからである。

なるほど夕陽は、ギリシャ人にとってきっと特別な感慨を持つ何かなのだろう。それは、日本人が美しく映える富士山を見る時と何か似ている感情かもしれない。

夕陽にまつわる話はもう一つあった。

ある時、作家が船着き場の店で夕陽を浴びながら名物のカラマリとワインで食事をした後、支払いを済ませおつりが来るのを待っていた。しかし店のボーイは知らんぷり。いったいおつりはどうなっているのかと訊けば「お客さん、おつりはあの夕陽です」と言ってのけたのである。

これには流石の作家でさえ、手も足も出なかったそうだ。

葡萄酒とギリシャの関係は、歴史的に深い。

古代においては、葡萄酒と水を混ぜたものをデカンタのような器に入れておき、随時グラスに注いで飲んでいた。彼らはそれゆえに多量に飲み、かつ語らう時間をもてたと伝えられているが、その酒とは一体どのような色をしていたのか。

燃えつきる太陽の色が、周囲の夕空に溶解しながら大海原を照らす時、海の色は琥珀色にも薔薇色にも変化する。エーゲ海を器としてみれば、琥珀色をした海は白葡萄酒、薔薇色の海は赤葡萄酒に見えなくもない。

そういえば、作家はいつも「ワイン」とは言わず「葡萄酒」とかたくなにも言いつづけていた。レストランで食事をする時など、ボーイが「ワイン」と言うのにわざわざ「葡萄酒」と言い直していたほどだ。

作家には「葡萄酒」という響きが、あの『イーリアス』の世界とどこかでつながっていたのかもしれない。


散骨は、そのような夕陽を浴びながら行なわれたのでなく、逆に朝日が昇ってゆく清《すが》しい午前の時間に執り行なわれた。

午前九時、この日のために日本から手配しておいた地元の旅行社が、車で私たち家族三人とE君を迎えにホテルまで来ていた。

車は、ホテルのある島の中心部フィラから北端の小さな町イアまで行き、島おなじみの断崖の傾斜をくねくねと転げ落ちるように下り船着き場へ着いた。

私たちを待ちうけていた船は小さなクルーズ船で乗組員は二人、船内は裸足で入る心地よい住居空間のようだった。

きれいに磨かれた床やテーブル、清潔なキッチンとトイレ、それに寝室まであった。

最初にクルーズ船付きのコックが飲みもので迎えてくれるのだが、長旅の疲れもあって私は、お酒の代わりにジュースを頼んだ。

乗船した私たち四人がデッキに集まった時、操縦士は、自分のスマートフォンでこのあたりの地図と時間と散骨地点を私たちに呈示した。

それを娘は自分のカメラにおさめる。

これから向かう航路について操縦士の説明があった。

サントリーニ島は、紀元前十七世紀頃の大噴火によって、元来とは違う今日のようなカルデラを環状に取り巻くいくつかの島に分断された。

イアとフィラのある三日月形の本島は、その一部だ。


私たちのクルーズ船は、大噴火によって散らばった有人、無人の島を真横に掠《かす》めながら、あのカルデラの周囲をゆっくりと進んだ。

風のない朝の航行は、小さな船ながら威風堂々と安定したすべりを見せる。

娘たちは二階の船上部に上り、船の人たちと何やらしゃべっていたが、私はひとりデッキの椅子に腰かけ、もの思いにふけっていた。

「とうとうやってきたのだ」と私は心の中でつぶやいた。

デッキの真下に見える海の色は、天空の太陽と雲のかげんによって蒼くもあり黒くもあり、時おり畏怖の念さえ感じさせた。

しばらくそうしているうちに、ようやく散骨地点まで来たのか、船が突然進むのをやめた。

私は、日本から運んできた作家の遺灰袋を密閉容器からそっと取り出した。

この二つの袋のために、空港の税関を通るたびどれほどヒヤヒヤしたことかと思いを巡らせながら。

そして私が二つの遺灰袋のうちの一つを娘に渡すと、クルーの一人がすかさずカメラを構えた。

娘は、父親ゆずりの細長いその指でやさしく撫でるように遺灰を海の中へ落とし入れた。

つぎは私の番だった。

手にした遺灰はたいそう重く感じられた。私はなるべく遠くへ投げようと腕を振り上げたが、遺灰袋はそんなに遠くまで飛ばなかった。

たぶん寂しがり屋の作家が遠くへ行くのを嫌がったからだろう。と私は思った。

そして、あの花束である。

花束は、娘夫婦が二人で一緒に投げることにした。水になじむようにと私が包み紙をはがすと、赤いリボンだけで結わえられた花は周囲一面にプーンといい香りを放った。

サントリーニのブーケは、大海原の上をしばらくのあいだ弧を描くようにゆっくりとたゆたいつづけたのち、いつのまにか水の中に消えていった。

その時、ふとあのペリクレスの言葉が私の脳裏をよぎった。

私が十年間もちつづけた遺灰は、今まちがいなくここエーゲ海に抱かれたのだと私は得心するのだった。

散骨の旅は、これが終わりではなかった。

この後に本格的な食事が待ちうけていたのだ。

旅行社の話によれば、簡単な昼食が出ると聞いていたので何かサンドウィッチ程度かと想像していたが違っていた。

ギリシャ名物の前菜ドルマデス（これは作家の好物だった）から始まってグリーク・サラダにトマト風味のピラフ、そしてポークとチキンのステーキをデッキの備え付けグリルで本式に焼くという正餐だった。

予期せぬ「大海原の正餐」は、私たちをたいそう驚かせ喜ばせてもくれたが、またこれは、人を手厚く弔うということの意味を私に教えてくれるいい機会にもなった。

かつて作家は、『アボジを踏む』という短篇小説のなかで、私の父であるアボジの葬送の場面を書いていた。

韓国済州島のハルラ山のふもとにある原野で営まれたその葬儀は、原始の率直さと荘厳さに満ちた宴そのもので、それは、日本の万葉時代の野辺送りやホメーロスの『イーリアス』『オデュッセイア』の世界を作家に強く思い起こさせるものだった。

どの民族のどの文化にあっても執り行なわれる人を葬送し弔う儀式には、大きな悲嘆の後に必ず人びとがともに笑い、飲み、食べ、語らう場面があることを伝えている。

弔うとは、大事な客をもてなすように死者を手厚くもてなすことであると語っているのだろう。

今度の思わぬギリシャ式「大海原の正餐」は、私にとって命の賜物のように映った。

やがて私たちが食事をゆっくり楽しみ終えた頃、クルーのコックが、

「もうすべてお済みですか？」と訊いてきた。

用意されたご馳走を全部たいらげることができなかった私たちは、皆、もうお腹がいっぱいになっていた。

「それでは、これから海鳥さんたちの食事の番です」とコックは歌うように言いながら残ったご馳走をまるで供物を捧げる手つきで丁重に、また豪快に海へ投げ入れた。

娘たちは互いに顔を見合わせ驚愕していたが、私はさもありなんと思った。

弔いの儀礼は、宴の供物を地上のすべての生きものとともに分かち合う時、そこで初めて完了《おわり》をみるのだから。


私たちの散骨の旅はこれで終わった。

船は、エンジン音をふたたび静かに立てながら、サントリーニ島のフィラのオールド・ポートへ向けてゆっくりと旋回していった。

終章
至福と喪失

作家、小田実（一九三二―二〇〇七）の未完の寓話小説「トラブゾンの猫――My fairy tale」（『オリジンから考える』所収）は、トルコの旅から戻り、自身が不治の病にあると知った直後から書きだされたものだ。

この世に残された命の時間が限られていると知った時、人は何を考えるだろうか。それも期限をくぎって、長くて一年、短くて三カ月かもしれないと予告された時にである。

この地上の素晴らしさや喜びについて誰彼かまわず朗らかに語りかけた人。人間の醜さや悲しみについて誰よりも深く思いを巡らせてきた人。そんな人は、生命の終わりの時であっても、この先に何が待ちかまえているのかと、相も変わらぬ生き生きとした好奇心をもちつづけた。

作家は、並みはずれた精神力の持ち主であったが、とても繊細で傷つきやすかった。書くことに気持を集中させれば少しでも病への不安や雑念をふり払い、心の平安を保つことができるのではと考えた私は、作家に気楽な寓話小説を書くことをすすめた。何しろ作家は書くことが好きだったから。

寓話のタイトルは「トラブゾンの猫」。トルコを旅しているあいだ、なぜか、というか当然のように猫が作家の足もとにすり寄ってきた光景が眼に焼きついて離れなかった。だから私がそう名づけた。

本書のタイトルを見たら、作家は苦笑するだろうか。「おいおい、せめて『トラブゾンの猫異聞』とか、何か知恵はなかったのか」と——。

もちろん思案投げ首、あれこれ考えたけれども、とうとうこのタイトルから離れられなかった。まるで地回《じまわ》りに出かけた猫が、決まってもっとも居心地のよいところへ戻ってくるかのように。


世界旅行家でもあった彼は、旅先で目にした不思議な風景の美しさに見とれたり、人間のちょっとしたしぐさのおもしろさに興味をいだくことがよくあった。ちょうど少年が電車に乗っているあいだ中、車窓に顔をくっつけんばかりに外の景色を見入っているように、道行く人びとのつらなり、街なみの趣を、ただ遠く見わたすだけでも満足していた。

作家にとって見ることは、見知らぬものに対するあくなき好奇心や感動であり、また、自分自身に問いかける自省的な営みでもあった。その精神の営みは、病で倒れる瞬間まで断ちきれることなくつづいた。


「トラブゾンの猫」は、療養中のベッドで書き始められた。

はじめは、使い慣れた極太のモンブランのペンで力強く、のびのびと原稿用紙に一字一句を刻み込むスタイルであったが、しだいに体力が衰えてくると筆をもつ指の力さえなくなってしまっていた。それで字は、まるでパウル・クレーの最晩年の作品のような線描になっていた。

作家は、万年筆にはこだわりがあった。若い頃には鉛筆やフェルトペンなど、さまざまなものを使っていたが、そのうち、指が長くて手が大きい分、特大のモンブランがいちばん手におさまりやすいことを発見したようだった。それもインク壺にそのペン先をひたして、少しずつジュッジュッと吸い上げるあの古いやり方がお気に入りだった。そうすることで、たぶん作家はひと時のくつろぎを味わっていたのだろう。

そんなわけで十本も持っていたが、もっともペン先のやわらかい弾力性のあるものを見つけると、そればかりを愛用していたので、そのペン先は、とうとう片方へ少し変形したまま、小鳥の足の爪のようになっていた。

やがてパウル・クレーの線描画のような字さえ書くことがおぼつかなくなると、それからは口述筆記となった。

半分乾いたレモンから一滴一滴の汁をしぼり出すようにして取り出された言葉を録音テープが吸い取っていく。この作業を作家の気分がいい頃合いを見はからい、彼が横たわるベッドの枕もとに私の顔とテープレコーダーを近づけ、言葉の一つひとつをひろっていく。時々、言葉がとぎれる。そして私がつぎのフレーズをゆっくりとうながす。「それで、その猫はどこから来たの?」

という具合に。

しかし、これもそう長くはつづかなかった。いつのまにか、私が「それで?」「つぎは?」と訊いても答えなくなっていた。もう作家は、声も出なくなっていたのだ。

声は、身体の奥底から送り出されてくるもの。人間の心、魂、精神の深い井戸につるべを落として汲み上げてくる言葉の響きなのだ。そして、それはもっともその人らしさを表現する楽器そのものなのである。

そんな温かいぬくもり、優しさ、思いやりにふれることが、突然、ピタッと止まってしまった時、人は本当の悲しみに出会う。凍えるような冷たい不安と恐怖におそわれ、輝く明澄《めいちょう》な世界は一変して暗黒の闇に閉ざされてしまう。心が愛でいっぱいに満たされている時には感じることがなかった、痛い情感が身を刺すのだ。


あまりにも悲愴が大きい時、人は行く道で迷子になったり、後退したり、うずくまってしまう。時には、この世の何もかもが敵に見えてきて攻撃的になったり、自衛的になったりする。かけがえのない命をうばわれたという納得のいかない理不尽さに、悲しみが怒りとなって、時に他人を傷つけたりするのだ。

愛の神・エロスは、使い方しだいで幸福にも不幸にもなるということか。あるいは、至福の時間はそう永くはつづかないことの暗示であるのか、古代ギリシャの神さまはまことに意味深長なことを言ってくれている。

至福の時間とはどういう時だろう。

それは、愛の力の働き方にあるのであろう。

では、どのような働き方なのか?

《愛というのは、互いに相手の顔を眺めていることではなくて、同じ方向に二人で一緒に眼を向けることなのである》と言ったのはサン゠テグジュペリだ。それは、二人が一人ひとり独立自由な別々の人間どうしであることを尊重し合いながら、なお結びついている関係性だ。

その孤独な二つの魂がふれ合い、深奥のところで共鳴する時、自分と相手のあいだにそれぞれ豊かな精神世界がひらかれる。つまり、二人のものを半分ずつ分け合うのでなく、二人のものをそれぞれが一つずつ増やしていくのである。このような愛の働き方は、ただ、男女の関係というよりも、女という人間と男という人間の関係をより高次に発展させるものだ。

しかしこれは、なかなかしんどい。さまざまな工夫や知恵を必要とし、相互のたゆまぬ対話がなければならないからだ。互いの眼を見つめ合うだけでなく、互いの心を見つめ合うことだからだ。

人は、至福の真っただ中にいる時、至福であることを知らない。それは、眼に見えない空気のように、ただ、その人をやわらかな花の香りで包んでいるだろう。まるで生まれたての赤ん坊の産衣《うぶぎ》のように。

至福を認識するのは、幸福という見えないヴェールがはがされた時、失った時、悲嘆に暮れることを初めて味わった時であろう。ましてや男女の愛の幸福なんて、そう永くはつづかない。人間は、どんなに仲むつまじい間柄であっても、たったの百年すらともに生きることはできないのだから。

至福が永遠につづかないことをよく知っていた古代ギリシャの文学者たちは、人間のヒュブリス（傲慢）をもっとも戒めている。私は地球の上で生きているかぎり、傲慢でなくありたい。作家がまさにそうであったように……。

ようこそ地球へ
——ここは問題だらけではあるけれどね。
A happy landing on the earth
although the earth is full of problems.

（娘・ならが生まれた日に父・小田実が日記にしるす。原文英語）

——世界は世直しを必要としている（小田実の創作ノートに書かれた最後の言葉）

あとがき　未完の作品に想う

絵画の制作途中で、絵具や油で重ね塗りしたり修正したりして見えなくなった元の画像が、年月を経た後に透けて見えることがある。

これをペンティメントというらしいが、この言葉には、幾多の試みのなかでついつい遠景に追いやられてしまった画家の根源のイメージを発見した喜びがあるように思う。

私の『トラブゾンの猫』は、数多くの旅をともにした私と小田実との最後の旅を書いたものである。

書いているあいだ中、私は、小田が生涯を通して根底のところで捉えていた「認識と思考」の原画像を、私なりに浮き出させてみたいと心がけていた。まるでペンティメントを夢見るように。とは言え、私の場合は油絵ならぬ水墨画であるから、もっぱら、その「滲み」の手法を借りて墨色を立ち上らせることになった。

「滲み」は韓国語で「ピウダ」と言うが、「咲く」という意味をもつ。

書きながら、知らず知らずのうちに自分の心が筆のおもむくほうへと咲いていった。

悲しみの涙でひたされた紙がまだ完全に乾かぬうちに、筆墨の滴《しずく》がしたたり落ちた。

そして紙は、フェルトのように私の筆をやさしく迎え入れ、つぎつぎと豊潤な世界へと私を誘ってくれたように思う。


最期の病床にあっても書き継がれた小田の未完の作品は、『トラブゾンの猫』のほかに二つあった。


ひとつは、『世直し大観』(『オリジンから考える』所収)、二つ目は、長編小説『河』だ。

『世直し大観』(二〇〇七)は、『世直しの倫理と論理』(岩波新書 一九七二)を原型として新たに書こうとした新書であるが、この間の日本社会や世界の動き、変化は著しく、また、小田自身の認識と思考も広がり、より深まったこともあって、完成していればさぞや興趣に満ちた本となったであろう。


序章は書き下ろしだが、第一章は口述筆記だった。

遺された創作ノートの最後には、「世界は世直しを必要としている」とあったが、彼の考える「世直し」とはどのようなものであっただろうか?


それは、ひと言でいえば「主権在民」の民主主義を日常化することであったと私は思う。

現在の先進国、ことに日本では、民主主義と自由という言葉が権力によってさんざんに踏み荒らされ、今や形骸化の道を歩んで久しい感がある。

小田はもう一度、自らの市民運動と、古代アテナイの民主主義政体《デモクラティア》を含味し、二十一世紀の新しい民主主義を展望してみようとしたのではないだろうか。

私は、その思いの一端を小田と「ロンギノス」との共著『崇高について』のなかに見る。たとえば、

《民主主義政体《デモクラティア》は偉大な才能を育て……自由は精神を偉大にする力をもつ……、希望は喚起され……しかし今日では……わたしたちは子供のときから、よき奴隷になるように仕込まれるように見える。ただひたすら奴隷の習慣、仕事ぶりをしっかりと教え込まれて、文《ロゴス》のもっともすばらしい、……創造的な源泉―― 自由《エレウテリア》……を味わうことがない。おかげで、でき上るのは口先上手のおべっか使いだけだ》《ローマ帝国における彼の時代の文学の衰退の原因は民主主義、自由の欠除と経済の繁栄だ》

ここで語られている「文《ロゴス》」を、「社会」「人間」にまで広げて考えてみると解りやすいだろう。小田は、「べ平連」の運動は、基本的に「虫瞰図《ちゅうかんず》の運動」であり、同時に「認識と思考」――認識は客観的に冷静と事実を見つめ、その上で自由に思考する――をあわせもっていたと定義している。

「鳥瞰図《ちょうかんず》の運動」は、上からいつか下へおりようと情勢を見ていて地上に限定されるから自由でない。それに対して「虫瞰図の運動」は、初めから虫が地べタを這いながら宇宙を見上げているので自由、その視界は鳥よりも大きいのだという。

これまでの市民運動で小田が発案した奇抜な発想や言葉は、このようなリアリズムに裏打ちされていたのだと思う。

民主主義とは、政治や経済、文化の中心をつくっている「大きな人間」の起こす過ちに対して、「小さな人間」が自らの力を信じて結集し、反対し、抗議し、彼らの過ちを是正させることだと小田は書いている。

私にはこの言葉を読むたびに浮かんでくる、目に焼きついて離れないひとつの光景がある。

あの二〇一七年の韓国における「ろうそく革命」で見た、無数のひとりの人間たちのデモの姿である。

その時のスローガンは「これが国か」であった。

私はそれを見た瞬間、ハッと息を呑み、「同じだ!」と心の中で叫んでいた。

一九九五年のあの阪神大震災の後、小田と市民たちがくり広げた「被災者生活再建支援法」成立に至るまでの「市民=議員立法」運動のデモで掲げた言葉が「これは人間の国か」であったからである。

二つの国の市民運動とデモは、その規模と形こそ違え、民主主義は「民の力」を信じること、そして、それは国境や時空を超えるグローバルな力をもつことを私に教えてくれた。

小田は、異質の価値をもつ無数のひとりである「私」が「私」と互いにつながり共鳴し、共生する「サラダ社会」が民主主義社会であるという。

『世直し大観』で展開されたであろう小田の「世直し論」は、私の想像をはるかに超える奇想天外なものであっただろう。

もうひとつの未完作品『河』について述べてみたい。

『河』は、一九二七年の「広州コミューン」を題材にしたものであるが、この出来事が起こる背景を理解するため、小田は、明治維新、日清戦争、日露戦争、朝鮮の植民地化といったアジアの近代史の断片を、日本人、朝鮮人、中国人、アメリカ人、アイルランド人など二十二人の登場人物にそれとなく語らせている。

原稿用紙にして六千枚の作品中、そのほとんどが「広州コミューン」へと向かう人間たちのドラマなのである。

孫文の辛亥革命を受け継いだ中国革命のさなか、一九二七年には南昌蜂起、秋収《しゅうしゅう》蜂起、広州蜂起の三つの重要な蜂起があった。

広州蜂起は、「広州コミューン」と呼ばれ外国人が多く参加した国際連帯の最初の都市蜂起だった。

小田は、この蜂起をスペイン市民戦争の先駆けばかりか、よりスコープの大きいものと見ていた。

帝国主義列強の植民地政策によって国を失った朝鮮人、ベトナム人、インド人らも参加した。なかでも、黄埔《こうほ》軍官学校の士官や兵士、中山大学の学生だった朝鮮人の数がもっとも多く、女性を含め総勢二百五十名、その大半が死んだ。その中には、かの名著『アリランの歌』の主人公・金山《キムサン》こと張志楽もいた。

その他、工場労働者、人力車夫、外資系会社の女性社員など二万人の市民が参加したが、弾圧側の大虐殺により約六千人が犠牲になっている。

小田は、一九八四年、私とともに中国に半年住み、各地を歩いている。文革後の改革開放路線が始まったばかりで北京も上海も新しい高層ビルはなく、戦前のたたずまいがそのまま多く残っていた。人びとの生活も質素である意味、『河』の風情を知るのに十分な要素があった。

『河』の得がたい魅力は、近代帝国主義国家がその豊かさをささえるために収奪した「植民地」の問題、特に植民地にされた人びとと植民地にした人びとがともに理解し、生きてゆくことは可能かどうか、その苦悩を登場人物一人ひとりが内面に深く抱えているところである。

そして『河』には、古代ギリシャ文学を学んだ小田らしい、多くのメタファーがある。

タイトルからしてそうだ。「河」は「時」であり「革命」であり、人間が生きて死ぬことでもある。また、「歴史の目撃者」として成長する少年主人公・重夫がいつも持ち歩いている『ハックルベリー・フィンの冒険』と『洪吉童伝《ホンギルドンジョン》』は、人間を自由にするための危険な本としてあるが、これも作品のテーマである「自由」のメタファーだろう。

日本人木村美智子と結婚した重夫の父は、婿養子として木村姓を名乗るが、朝鮮名は玄文羅《ヒョンムンラ》。一九二三年の関東大震災で火焔《ほのお》の中を家族三人が生きのびるが、父は「朝鮮人狩り」にあって連行される。その後、九死に一生を得た父は日本を脱出、朝鮮の解放のため、独立運動に参加する。重夫と母は、その父を追って神戸から上海、広州へと移り住む。

一九二三年から二七年までの約五年間に重夫が見たものは何か？ それは「民岩」だった。十六世紀末、豊臣秀吉の朝鮮侵略により日本へ連行された朝鮮の儒者・姜沆《カンハン》が愛した「民岩」という言葉に秘められたもの、それは「民の力」という民主主義のメタファーだ。

重夫の内面は、あれこれ思い悩む性格で決心に至るまでの道程は意外と長い。『河』は、二十世紀初頭の日本と朝鮮、中国の歴史を描いたものではない。重夫という主人公の体内にひたひたと入り込んでいったこの三国の複雑な歴史と向き合って生きた人間の内面の動きを書いたものである。

朝鮮の独立のため、中国革命に参加した父の人生観は「途中にあること」だ。父は「河」が好きだという。「河」はどこへ行っても流れる「途中」にあることで、現在進行形のプロセスをいう。プロセスの中には人間の真実がある。革命は「河」と同じというメタファーだ。「途中」に対する熱情が人間を常に前向きな、より高みへと促すのだ。小田の文学観を示す思想が父の語りの中にいくつもある。

重夫の父にとってこの世でもっとも大事なものは、独立を目ざす祖国への愛と家族への愛だ。支配する側とされる側の二つの間で育まれた愛のかたちは、痛切でまばゆい。

支配される側は自由を求める。支配する側も、自らが支配する側にいる限り、そこに囚われて自由がない。だから同じように解放と自由を求めるのだ。この二つの動きの全体が、重夫の家族と夫婦の愛を支えている。

「広州コミューン」は「三日天下」に終わった。

コミューン失敗後、中山大学関係者を中心としてつくられた犠牲者に対する国際救援組織に、インド人教授、朝鮮人士官、ベトナム人女医とともに、日本人の木村氏とその助手の静江がいたと歴史には記されている。

小田は、この木村氏らの存在にどれほど心が救われたことだろう。

『河』の主人公の名前は、木村重夫だ。おそらく木村という名に自分のその思いをこめたのであろう。そして重夫という名の由来は？　安重根の名から一字を取ったのである。

『河』は、およそ百年前に起きた出来事の物語であるが、当時も今も、私たちアジアの人びとが直面する基本的矛盾と問題はそう変わっていないように思う。これらを考える時、『河』は、多くのことを私たちに示唆してくれているように思えてならない。

最後に、『トラブゾンの猫』が本になるまで、それぞれのお名前をあげることはできないがさまざまな方にお世話になった。その方がたに感謝の意を申し上げる。

そして私の原稿をねばり強く、みずみずしい感性で最後まで見とどけてくれた堀由貴子さんにお礼を申し上げます。

二〇一八年七月三〇日

玄　順　恵

美しい紙の墓碑――『トラブゾンの猫』によせて

沓掛良彦

このほど時を遡り、十年前に惜しまれつつ世を去った小田実氏とその夫人玄順恵さんと異国への旅をした。三か月後に訪れた死を前にして、小田さんとその「人生の同行者」である玄さんとが、イスタンブール(これはそのかみのコンスタンティノポリスだ)、『イリアス』の舞台であるトロイア、サッフォーを生んだ詩女神の島レスボス島を対岸に臨むアソス、それにトラブゾンを訪れたお二人の最後の旅に、ひっそりと同行したのだ。無論実際に旅をしたわけではない。旅をしたのはぼくの体ではなく心だ。異常な高血圧症に悩まされているぼくはもう飛行機に乗れないので、海外へゆくことはできない。数年前に、家人を伴い、友人夫妻とともに、それまでにも何度か旅したギリシアを訪れたのが見納めとなってしまった。だからお二人にとって忘れ得ぬ最後の旅に影のように寄り添ってそれを見守っていたのは、老いてなおギリシアへの憧れを抱く老骨の「あくがれ出《いづ》る魂」の方だ。

作家小田実が死を前にして書いた未刊の寓話小説「トラブゾンの猫」に因んだというタイトルをもつこの本で、愛する夫との想い出深い最後の旅の様子とその背景とを、またその文学を美しく語る玄さんの筆の翼に乗って、ぼくの魂《プシュケー》は老いさらばえた肉体を抜け出し、腐りきって末期症状を呈しつつあるこの国をしばし離れ、旅するお二人のもとへと時空を超えて飛翔し、姿の見えぬ「同行者」となって、ともに曽遊《そうゆう》の地を経めぐったのだった。その間、文章の中から浮かび上がってくるお二人の仲睦まじい姿や、小田さんのあの人なつこい笑顔を再び眼にし、ロンギノスやホメロスを熱っぽく語る声音や、「雷霆《らいてい》を轟《とどろ》かす」ゼウスさながらに、怒りをこめておよそなんであれ非人間的なものを告発し、民主主義を否定する権力者を激しく糾弾して、腐りきってまさに澆季《ぎょうき》末世の様相を呈しているこの国の人々の覚醒をうながす声を、十年ぶりに耳にしたのだった。旅するお二人の後を追って、ギリシアをめぐるその会話に耳傾け、またどうやら小田さんの魂が（それに玄さんの魂も）乗り移ったとおぼしき「イソップ猫」だの「アルキビアデス猫」が語るギリシアやギリシア人の話をも、なるほどと感心しながら聴き入ったりもした。そこには、小田さんが（そして彼と一体化した玄さんが）、ギリシア古典を、そしてまた民主主義を生んだギリシア人をどうとらえていたかがつぶさに語られている。そう、これは亡き小田さんとその「分身」（これは韓国の作家玄基栄《ヒョンギヨン》氏が彼女を評したことばだ）である玄順恵さんとの、一種の共著なのだ。それほどにこの本の中でお二人の心は解け合い、一体化している。作家小田実との旅を語り、彼の文学を語り、そのギリシア文学やギリシアへの愛を語るこの『トラブゾンの猫』には、小田さんが至る所に顔を出し、小田さんの肉声が生き生きと伝わってくる。まさに玄さんの筆の力だ。作家小田実を、人間小田実を知り尽くし、彼の分身として魂を、またギリシアへの愛を分かち合った人ならではの貴重な作品が、この『トラブゾンの猫』なのだ。

『トラブゾンの猫』を読んでぼくは思った、これは玄順恵さんが「人生の同行者」として半生を共にした作家小田実のために、かぎりない思慕と哀惜の念をこめて建てた紙の墓碑なのだと。この本はぼくにギリシアの墓碑を想起させずにはおかない。

思うに、古代ギリシア人の生んだ文物の中で、今日これを見る者の心を激しく揺さぶらずにおかないものの一つは、亡き人の在りし日の姿を刻んだ墓碑である。それは愛する肉親や連れ合いを喪《うしな》った往古のギリシア人が、亡き人への尽きせぬ思慕から、その生前の姿を、そしてしばしば死者を悼み偲ぶ遺された人の姿をも、石に刻んだものだ。死者と生者との魂の交感のさまが、無名の石工の手で刻まれたギリシアの墓碑は、これに接したゲーテが思わず落涙し、リルケを深く感動させて『ドゥイノ悲歌』の中の美しい一篇を生ましめたほどである。小田さんが没してから十年の後、その間もずっと亡き作家と魂の交感を持ち続けた玄さんは、鑿《のみ》ならぬ筆を揮《ふる》って、小田実という稀有の作家の等身大の人物像を生き生きと彫り上げ、またギリシアの墓碑のように亡き人を偲ぶ自らの姿をもそこに彫り込んで、これをこの国の文学の中に建てたのだ。小田さんにとって、この美しい墓碑にまさる供養はないだろう。

『トラブゾンの猫』は、確かに一種の旅行記だが、単なる旅の記録でもなければ紀行文でもない。これはまた作家小田実の「人生の同行者」であり、その文学の最もよき理解者である玄さんが、小田文学の本質を語り、その文学の根底にあるもの、原点をなすもの、さらに言えば彼の文学を生んだ原体験であるものを、みごとに解き明かした一篇でもあるのだ。だからぼくなぞがいま小田さんの文学についてここで語るのはまさに蛇足以外のなにものでもないし、またその任でもない。本書を虚心坦懐に読めばそれとわかることだ。

小田さんとぼくの接触を生んだのがギリシア文学だから、ギリシアがしばしば話題となっているこの本にかこつけて、作家小田実のギリシアへの愛について少々ふれておこう。

周知のように(とは言っても、実は案外知られていないようだが)、小田さんは東大で呉茂一教授、高津春繁教授のもとでギリシア文学を学んだ。文学の師であった中村真一郎氏に、「大学で近・現代文学をやる馬鹿があるか、やるなら古典文学をやれ」と言われたのがその動機の一つだったそうだが、若き日に高津先生の『古代ギリシア文学史』が何よりの愛読書だったというから、ギリシア文学を学んだのは必然の成り行きだったと言えるだろう。実際、小田さんのギリシア文学への関心と愛はなみなみならぬものがあった。ギリシアの文学、文物そして風土への作家の愛は、小田さんとギリシアへの愛を分かち合うこととなった玄さんの、この美しい紙の墓碑の中にしっかりと刻まれている。それについては、玄さんがこの本の中で、

「思えば作家とギリシャの縁は深くて長い。

そもそも文学を本気で志したのは、うんと若い頃に古代ギリシャ文学と出会ったからであった」

「作家は、ことあるごとに自分が立ち返る原点のひとつとしてギリシャ文学を宝物のように大切にしていた。とりわけロンギノス(紀元一世紀)の『崇高について』は卒論のテーマで、

以後も興味をもちつづけ、六十代に入ってから翻訳も完成させ、ついにはその翻訳と自身の文学論が入ったロンギノスとの共著『崇高について』まで書き上げてしまった。さらには『イーリアス』の翻訳も手がけており、最後の未完小説『河』は、『イーリアス』について主人公の重夫と伯父が熱っぽく語らう場面で終わっている」

と言っているとおりである。小田さんのご依頼でぼくが解説を書かせてもらった『崇高について』は、単なる翻訳の域を超えた独自の文学論として異彩を放っているが、残念ながら小田訳の『イリアス』は、作家の死によってついに完成をみることなく終わった。亡くなった年の『すばる』七月号に載った第一巻をもってそれは途切れている。翻訳の最後に、「みなさんさようなら」との読者との別れのことばがあったのを記憶している。その早すぎた死によって、ぼくらはついに現代日本の作家によるホメロスの翻訳をもつことなく終わったが、小田さんとしてはさぞかし無念で、心残りだったろう。そのことに思いを馳せて、万感の思いをこめてトロイアの遺跡にたたずむ作家と、その傍らで紺碧のエーゲ海に見入っている玄さんの姿をこの本の中で眺めて、胸が熱くなった。そしていつぞや不意に、小田さんに「どや、あんた今度はホメロスを翻訳せんか」と言われたことを思い出した。「今度は」と言われたのは、ぼくが前に『ホメーロスの諸神讃歌』の翻訳を進呈したのを覚えておられたからだろう。無論ぼくにはそんな力はないし、言下に「それは無理です」とお答えしたが。

ギリシアをこよなく愛した小田さんの遺灰は、いまホメロスが「葡萄酒色の海《オイノパ・ポントン》」と呼んだエーゲ海に抱かれて眠っている。昨年、作家がギリシアの中でもとりわけ愛したという島、数年前ぼくが最後に訪れたギリシアの地でもあるサントリーニ島の沖合に、夫人と愛娘ならさんご夫妻の手で、散骨されたのだという。遺灰となった小田さんは、「人生の同行者」である玄さんの胸に抱かれて海を渡り、彼女の手でポセイドンのもとへと送り届けられたのだ。小田さんの魂は、アフロディテが生まれ、アキレウスの母テティスが住むとされた「葡萄酒色の海」の底で、ネレイデスたちの歌を聴きながら、静かに永遠の眠りのうちにやすらっているに違いない。これが見納めと覚悟して、数年前にサントリーニで見たエーゲ海に沈む夕陽の美しさを思い出しながら、小田さんの遺灰が静かにエーゲ海に沈んでゆくさまを思い浮かべて、「ああ、ヘラスか、サントリーニ、なつかしいな」と、ぼくはおもわずつぶやいた。

（くつかけ　よしひこ　東京外国語大学名誉教授）

猫の本棚

参考文献一覧

『イーリアス 上・中・下』ホメーロス著　呉茂一訳（岩波文庫・一九五三―五八年）
『増補 ギリシア抒情詩選』呉茂一訳（岩波文庫・一九五二年）
『ギリシア・ラテンの文学』呉茂一・中村光夫著（新潮社・一九六二年）
『古代ギリシア文学史』高津春繁著（岩波全書セレクション・二〇〇八年）
『サッフォー　詩と生涯』沓掛良彦著（水声社・二〇〇六年）
『古典ギリシア』高津春繁著（筑摩書房・一九六四年、二〇〇六年に講談社学術文庫より刊行）
『世界文学大系3 プラトン』田中美知太郎編（筑摩書房・一九五九年）
『イソップ寓話集』イソップ著　中務哲郎訳（岩波文庫・二〇〇二年）
『オリジンから考える』鶴見俊輔・小田実著（岩波書店・二〇一一年）
W. G. Forrest. The Emergence of Greek Democracy. 1966. Weidenfeld & Nicolson. London.
Douglas Linder. 2002. The Trial of Socrates.（緑色評論 一四二号 二〇一五年 韓国）
Cornelius Castoriadis. 2002. De Atheense Polis.（緑色評論 一四二号 二〇一五年 韓国）

本書に登場する「作家」小田実の作品（登場順）

『玉砕』（新潮社・一九九八年）

太平洋戦争の激戦地となった南洋の島を舞台に、中村軍曹や朝鮮人の金伍長ら日本兵の死闘を淡々と克明に描き出した作品。二〇〇六年、ドナルド・キーン氏による英訳等を併録して岩波書店から刊行され、小田実全集 小説 第三十四巻（講談社・二〇一三年）にも収載。

『何でも見てやろう』(河出書房新社・一九六一年)
二十九歳の時に著した青春放浪記。海外旅行が珍しかった一九六〇年代、一日一ドルの貧乏旅行で世界中を巡ってきたという冒険譚は、刊行されるやその年の大ベストセラーになった。一九七九年に文庫化され(講談社文庫)、今なお読み継がれている。
『崇高について』(河合文化教育研究所・一九九九年)
「崇高について」とは、二十代の頃の作家が大学の卒業論文で取り組んだ西洋の古典中の古典(著者「ロンギノス」)。以来、作家自身が半世紀近く文学論の根底に据えてきたこの書に、新たに訳と評論を施した一冊。小田実全集 評論 第二十六巻(講談社・二〇一三年)に収載。
『河』(全三巻)(集英社・二〇〇八年)
一九九九年から二〇〇七年まで九十九回にわたって月刊「すばる」誌上に連載された未完の大作。一九二七年の中国広州コミューン事件に材をとり、朝鮮人の父と日本人の母を持つ少年・重夫の教養小説(ビルドゥングス・ロマン)。没後一年目に刊行された。
『難死の思想』(文藝春秋・一九六九年)
少年時代、空襲の焼け跡で目の当たりにした死を「公」から押しつけられた「難死」と呼び、「私」として生きのびるための考察をくり広げた平和論。さまざまの全集に収録され、一九九一年に文庫化(岩波書店同時代ライブラリー)、二〇〇八年、岩波現代文庫に。
『大地と星輝く天の子』(講談社・一九六三年)
古代アテナイの有名なソクラテスの裁判を題材に、人間への深い洞察に基づいた初期の作品。ソクラテスはなぜ告発され、なぜ死刑になったのか。一九七六年に文庫化(講談社)、現在は岩波文庫(二〇〇九年)、小田実全集 小説 第四・五巻(講談社・二〇一〇年)に収載。

玄 順 恵

水墨画家．植民地時代に日本へ渡ってきた済州島出身の両親のもと，1953 年，神戸市に生まれる．82 年に作家小田実と結婚．水墨画の他に，装丁，装画，挿絵の仕事を手がける．著書に『私の祖国は世界です』，『われ＝われの旅』（小田実との共著，以上，岩波書店），『おはなしハルマンさま』（文・元静美，新幹社），訳書に『韓国食生活史』（藤原書店）がある．

トラブゾンの猫　小田実との最後の旅

2018 年 10 月 24 日　第 1 刷発行

著　者　玄《ヒョン》 順《スン》 恵《ヒェ》

発行者　岡 本　厚

発行所　株式会社 岩波書店
〒101-8002 東京都千代田区一ツ橋 2-5-5
電話案内 03-5210-4000
http://www.iwanami.co.jp/

印刷・法令印刷　カバー・半七印刷　製本・牧製本

ISBN 978-4-00-061298-2　　Printed in Japan